열하
일기

열하일기

박지원 지음

일석이조 우리고전 읽기

홍신문화사

  돌 하나를 던져 새 두 마리를 잡고, 마당 쓸고 동전 줍고, 도랑 치고 가재 잡고……. 모두 한 가지 일을 하여 두 가지 이득을 얻을 때 쓰는 말이다.

  고전에, 한자에, 게다가 논술까지 공부할 수 있다면, 이는 일석이조가 아니라 일석삼조가 된다.

  두 사람이 바둑을 둘 경우, 비로 앞의 수를 보는 사람보다는 한두 수 앞, 아니 그보다 더 멀리 내다보고 돌을 놓는 사람이 훨씬 유리하게 마련이다. 그런 의미에서 고전이나 한자나 논술이나 세 가지 모두 먼 장래를 내다본 포석이라고 할 수 있다. 당장 눈앞에 보이는 성과가 없어도, 꾸준히 공부하다 보면 그것이 내공이 되어 결정적일 때 큰 힘이 될 것이다.

  국어사전에서 '고전'이라는 말을 찾아보면 '역사적으로 널리 인정되는 훌륭한 작품이나 저서'라고 풀이되어 있다. 고전 읽기의 필요성은 아무리 강조해도 지나치지 않다. 고전은 그 작품이 나온 시대를 대표하는 것으로서, 옛것을 들어 새것을 아는 데 고전 읽기보다 더 좋은 방법은 없다.

  아무리 시간이 많이 흘러도 고전이 그 가치를 잃지 않는 이유는 그 속에 어떤 해답이 들어 있기 때문이 아니다. 고전의 참된 가치는 우리가 살아가는 데 반드시 알아야 할 삶의 문제에 가까워질 수 있도록 그 길을 열어 주는 것이다.

  우리 고전에는 우리가 알고 있는 것보다 훨씬 다양하고 많은 작품들이 있다. 조선시대에 접어들면서 나타나기 시작한 소설만 하더라도 거의 4백여 편에 이른다. 이 '일석이조, 우리 고전 읽기' 시리즈에서는 그 가운데 가장 널리 알려지고 '영원히 읽을 만한 가치가 있는' 작품, 그러면서도 재미라는 요소를 빼놓지 않고 갖춘 작품을 골랐다.

우리말의 8할 이상은 한자어로 이루어져 있다. 그만큼 한자는 우리 문화와 역사 속에 깊이 뿌리를 내리고 있다. 그러나 암기 위주의 한자 공부는 오히려 한자에 대한 관심과 흥미를 떨어뜨려, 한자를 싫어하고 기피하는 현상을 초래할 수 있다.

이 '일석이조, 우리 고전 읽기'에서는 누구나 재미있게 한자 공부를 할 수 있도록 잘 알려진 고전에 한자를 삽입하여, 고전을 읽는 가운데 자연스럽게 한자를 익히게 했다.

거기에다가, 앞서 읽은 작품의 내용을 되짚어보고 여러 면으로 다양하게 생각해 보는 논술로 고전 읽기를 확실하게 마무리하도록 했다. 이와 같은 논술 공부는 장래 대학입시, 더 나아가서는 사회 진출을 위한 입사시험을 보는 데도 도움이 될 것이다. 지금부터 착실하게 기초를 다진다면, 발등에 불이 떨어진 후에 논술 과외를 하는 등 시행착오를 겪지 않아도 될 것이다.

꿈은 이루어진다고 했다. 고전의 달인, 한자의 명수, 논술의 영웅을 꿈꾸며 이 책의 첫 장을 넘겨 보라.

❶ 이 시리즈는 고전 중에서도 초·중·고 교과서에 수록된 작품, 그중에서도 지루하지 않고 재미있는 작품을 우선적으로 골라 엮었다.

❷ 한자는 8급부터 3급에 해당하는 1,817자 가운데(중학생용 한자 900자 포함) 각 권당 기본한자 22~24자, 단어 100여 개를 실어, 책 한 권을 읽고 나면 최소 200자 정도의 한자를 익힐 수 있게 했다.

❸ 본문 중 어려운 낱말은 주를 달아 각 면 아래쪽에 풀이해 놓았다.

❹ 본문 중 기본한자에 해당하는 말은 광수체(예 : 같은), 한자 단어 및 한자에 해당하는 말은 고딕체(예 : 오후)로 하고, 본문과 색깔을 달리히여 쉽게 구별할 수 있게 했다.

❺ 각 단원마다 두 면을 할애하여, 한 면에는 '핵심⁺'라 하여 작품의 구성, 내용, 저자, 시대적 배경 등 작품에 관계된 전반적인 사항을 다루고, 다른 한 면에는 본문 가운데 알아둘 필요가 있는 인명, 지명, 단어 등을 '알아두면 힘이 되는 상식'으로 풀이했다.
  '호락호락 한자노트'로 각 면당 기본한자를 한 자씩 다루어, 부수, 총획수, 필순, 관련 단어, 사자성어, 파자, 속담 등 그 한자에 대한 모든 것을 한눈에 알 수 있게 했다.

❻ 책 말미 '부록'에서는 내용 되짚어보기, 논술로 생각 키우기, 한자능력검정시험 예상문제 등으로 작품에 대한 완벽한 이해와 함께 한자 실력 향상을 도모할 수 있도록 했다.

차례

열하일기

압록강을 건너며 (도강록)

6월 24일

아침부터 비가 조금씩 내리더니, 하루 종일 뿌리다 그치다를 반복했다. 오후에 압록강을 건넜다. 30리를 더 가서 구련성 부근에서 짐을 풀고 노숙을 했다. 밤에 큰비가 쏟아지더니 곧 그쳤다. 앞서 *용만에서 열흘 동안 묵으며 기다리던 공물도 모두 도착했고 여행 날짜도 매우 빠듯했지만, 장마가 져서 강물이 불어난 탓에 쉽사리 강을 건너지 못했다.

날씨가 맑게 갠 지도 나흘이나 지났지만, 강물의 기세는 험해서 나무와 돌들까지 둥둥 떠내려갔고, 탁한 물결은 하늘과 맞닿은 듯했다. 그것으로 압록강의 발원이 얼마나 먼지 알 수 있는 것이다.

*《당서》를 살펴보면 다음과 같이 기록되어 있다.

'고려의 마자수는 말갈 땅의 백산에서 나온다. 물빛이 마치 오리의 머리색과 같은 까닭에 압록강이라 부른다.'

백산이란 장백산을 말한다. *《산해경》에서는 이 산을 불함산이라 했고, 우리나라에서는 백두산이라 일컫는다. 백두산은 여러 강물의 발원지이기도 한데, 그 서남쪽으로 흐르는 것이 압록강이다.

• **용만(龍灣)** : 의주관, 즉 평안북도 의주.

• **당서(唐書)** : 중국 이십오사의 하나로 당나라의 역사를 기록한 책.

• **산해경(山海經)** : 작자 미상인 중국 고대의 지리서.

*《황여고》에는 이렇게 씌어 있다.

'천하에 큰 강이 세 개 있으니, 곧 황하와 장강, 그리고 압록 강을 말한다.'

또한《양산묵담》에는 다음과 같이 기록되어 있다.

'*회수 이북은 북조라고 한다. 대부분의 물들이 모두 황하로 흘러들기 때문에 강이라는 이름을 붙이지 않는다. 그러나 북쪽 으로 고려에 있는 물만은 압록강이라 부른다.'

이와 같은 여러 기록으로도 알 수 있는 바와 같이 압록강은 아 주 큰 강이므로, 그 발원지가 한창 가물었는지 아니면 장마가 졌 는지 천 리 밖에서는 짐작조차 할 수 없다. 하지만 이와 같이 넘 쳐흐르는 것으로 보아 지금 백두산에 장마가 졌다는 것을 미루 어 짐작할 수 있었다.

또 이곳이 보통으로 큰 나루가 아닌데도 배를 댈 만한 곳을 찾 을 수 없었고, 중류의 모래톱마저 흔적이 없어 사공이 조금이라 도 실수를 하여 물살에 휩쓸리면, 사람의 힘으로는 배를 되돌릴 수 없을 정도였다.

그 때문에 일행 중 *역관들은 너도나도 옛일을 끌어다 대며 날짜를 늦추자고 했고, 의주 부윤 이재학 역시 거느리던 비장을 보내어 며칠만 더 기다려 보라고 말렸다. 하지만 *정사는 기어 이 이날 강을 건너야 한다고 고집했다.

記　錄
기록할기 기록할록
7급 10획　4급 16획

• 황여고(皇輿考) : 명나라 장천복이 지은 지리서.

• 회수(淮水) : 중국의 강 이름. 하남성 동백산에서 시작되어 안휘성·강소성 을 거쳐 황하로 흘러들어 가는 강.

• 역관(譯官) : 고려와 조 선시대에 통역·번역 등에 관한 일을 맡았던 관리.

• 정사(正使) : 중국으로 가는 사신 중 우두머리. 여기서는 박지원의 10촌 형인 박명원을 가리킨다.

아침에 일어나 창을 열고 보니, 짙은 구름이 온통 하늘을 덮었고, 비기운이 산 위에 어려 있었다. 얼굴을 씻고 머리를 빗은 다음 집으로 보낼 편지와 여러 곳으로 보낼 답장을 봉하여 부쳤다. 그리고 아침 죽을 몇 모금 마신 뒤 천천히 관사로 갔다.

여러 비장들은 이미 군복과 벙거지를 갖추었는데, 그 벙거지 위에는 은으로 만든 꽃, 구름과 달 모양의 장식을 달고 공작의 깃을 꽂고 있었다. 또 허리에는 남빛 비단으로 만든 띠를 두르고 칼을 찼으며, 손에는 짧은 채찍을 쥔 채 서로 마주보고 웃으며 '내 풍채가 어떤가?' 하고 떠들었다.

정 진사가 웃으며 나를 맞이했다.

"오늘은 정말로 강을 건널 수 있겠죠?"

노 참봉도 옆에서 물었다.

"이제 곧 건널 수 있겠죠?"

나는 두 사람을 바라보며 그럴 것이라고 대답했다. 거의 열흘을 관사에서 묵은 탓에 지루한 생각이 들어, 모두들 훌쩍 날아가고 싶은 기분이었을 것이다. 더구나 장마로 불어난 강물에 마음마저 조급해진 터였다. 떠날 날짜가 닥치고 보니, 이제는 건너지 않으려 해도 어쩔 수 없는 노릇이었다.

멀리 앞에 펼쳐진 길을 바라보고 있으려니, 무더위가 사람을 익혀 버릴 듯했다. 고향을 떠올려 보아도 겹겹이 구름에 둘러싸인 산에 가로막혀 아득할 뿐이었다. 사람의 마음이 여기에 이르자 나도 모르게 서글퍼져서 되돌아가고 싶은 생각이 들었다. 이른바 평생을 벼르던 여행이라 하여 항상 '반드시 한번 돌아보아야겠다'라고 했던 것도 이제는 뒷전이 되고 말았다.

또한 '오늘에야말로 강을 건너는구나'라고 한 것도 결코 즐거운 마음에서 나온 소리가 아니니, 이는 곧 어쩔 수 없는 심정에서 나온 말일 것이다.

역관인 김진하는 늙고 병이 중하므로 일행으로부터 떨어져되돌아갈 수밖에 없었다. 그가 정중하게 하직 인사를 하니 나도 모르게 서글픈 생각이 들었다.

아침밥을 먹은 후, 나는 혼자서 먼저 말을 타고 출발했다. 붉은 빛깔의 말이었는데, 흰 머리에 날씬한 정강이와 높은 발굽을 가지고 있었다. 뾰족한 머리에 짧은 허리, 두 귀가 쫑긋한 품이 참으로 만 리를 달릴 듯한 말이었다.

마부 창대는 앞에서 고삐를 잡고, 하인 장복은 뒤를 따랐다. 안장에는 주머니 한 쌍을 걸어, 왼쪽에는 벼루를 넣고 오른쪽에는 거울을 넣었다. 또 붓 두 자루, 먹 한 개, 조그만 공책 네 권등을 넣었다. 짐이 이렇게 단출하니, 국경에서의 짐 수색이 아무리 엄하다 해도 근심할 필요가 없었다.

미처 성문에 이르지 못하여 소나기 한줄기가 동쪽에서부터

空
빌 공
7급 8획

冊
책 책
4급 5획

몰려왔다. 말에 급히 채찍질을 하여 걸음을 재촉했다. 성문 앞에 이르러 말에서 내린 다음, 혼자 문루에 올라 성 아래를 굽어보았다.

창대는 말 옆에 서 있는데, 장복은 보이지 않았다. 잠시 후에 장복이 정문 좌우에 있는 작은 문 앞에서 고개를 내밀고 위아래로 살핀 후, 삿갓으로 비를 가리며 작은 오지병을 들고 종종걸음으로 오는 것이 보였다.

알고 보니, 둘이 주머니를 털어 돈 스물여섯 푼이 나왔는데 우리 돈 가지고는 국경을 넘지 못하는 터라, 길에 돈을 버리자니 아깝고 해서 술을 샀다는 것이다.

"너희는 술을 얼마나 마시느냐?"

내가 묻자 그들이 대답했다.

"입에 대지도 못합니다."

나는 한바탕 그들을 꾸짖었다.

"에이, 술도 못하는 옹졸한 놈들 같으니라구."

그러나 한편으로 생각해 보니, 먼 길 가는 데는 술을 마실 줄 모르는 것이 도움이 될지도 모른다 싶었다.

홀로 쓸쓸하게 술을 마시며 동쪽으로 의부와 철산의 여러 봉우리들을 바라보았다. 하나같이 만 겹 구름 속에 들어 있었다. 술 한 잔을 가득 부어 문루의 첫번째 기둥에 뿌리며 이번 여행

門 문문
8급 8획

樓 다락루
3급 15획

에서 내게 아무 탈이 없기를 빌었다. 그리고 또 한 잔을 부어 두
번째 기둥에 뿌리고 장복과 창대를 위해 빌었다. 술병을 흔들어
보니, 아직도 술이 몇 잔 더 남아 있었다. 그래서 창대에게 술을
땅에 뿌려 말이 아무 탈 없기를 빌라고 했다.

담장에 기대어 서서 동쪽을 바라보니, 뭉게구름이 피어오
르는 가운데 백마산성 서쪽에서 한 봉우리가 절반 정도 모습
을 드러내고 있었다. 그 산색이 너무도 푸르러, 마치 나의 연
암 서당에서 불일산 뒷봉우리를 바라보는 것 같았다.

> 홍분루 누각에서 *막수와 이별하고
> 가을바람에 말 달려 변방으로 떠났다네.
> *화선의 통소, 장구 아무 소식 없으니
> 애타게 그리는 *청남의 좋은 고을.

이것은 *혜풍이 중국 심양에 들어갈 때 지은 시다. 나는 이 시
를 몇 번이나 되풀이하여 읊조리다가 크게 웃고 말았다.

"이 시는 국경을 넘는 이가 부질없이 무료함을 이기지 못해
읊은 것이겠지. 여기서 무슨 화선이니 통소니 장구 따위를 얻을
수 있단 말인가?"

옛날에 *형경이 역수를 건너려 할 때의 일이다. 형경이 선뜻

國境 나라국 지경경
8급 11획 | 4급 14획

• 막수(莫愁) : 고대 중국
의 석성 여자로, 노래를
잘했다.

• 화선(畵船) : 옛날 지체
높은 사람들의 뱃놀이에
쓰던 화려한 배.

• 청남(淸南) : 청천강 남
쪽. 여기서는 평양을 가리
키는 듯하다.

• 혜풍(惠風) : 조선 정조
때의 실학자인 유득공(柳
得恭)의 호.

• 형경(荊卿) : 중국 전국
시대 제(齊)나라 때의 호
걸인 형가(荊軻). 연(燕)나
라 태자 단(丹)을 위해 진
시황을 암살하려다가 실
패하고 신하들에게 살해
되었다.

決 心
결단할결 마음심
5급 7획 7급 4획

강을 건너지 않고 머뭇거리자, 연나라 태자 단은 그의 **결심**이 변하지 않았나 의심하여 *진무양을 먼저 보내려고 했다.

이에 형경이 노하여 말했다.

"소인이 지금 떠나지 않는 까닭은 함께할 친구를 기다리는 것입니다."

그러나 이것 또한 형경이 부질없이 한 말인 듯하다.

물론 태자가 형경의 결심을 의심했다면, 이는 그를 깊이 알지 못했기 때문이라고 할 수 있을 것이다. 그러나 형경이 기다린다고 했던 친구 또한 실제로 존재하는 인물은 아니었을 것이다.

앞일을 예측할 수 없는 가운데 오직 칼 한 자루만 지닌 채 강국인 진나라로 들어가는 데는 진무양과 함께 가는 것만으로도 충분했을 것이다. 그런 마당에 형경에게 무슨 다른 친구가 필요했겠는가.

그러나 《사기》를 쓴 사마천은 기다렸던 친구가 먼 곳에 살기 때문에 오지 못한 것이라고 했다. 이 '먼 곳에 살기 때문'이라는 표현은 참으로 교묘하다. 아마도 그 친구는 천하에 둘도 없는 절친한 벗이었을 것이요, 그와 한 약속엔 천하에 둘도 없는 믿음이 담겨 있었을 것이다. 천하에 둘도 없는 절친한 벗으로서, 한번 가면 다시는 돌아오지 못할 이별을 앞두고 어찌 날이 저물었다

• **진무양(秦舞陽)** : 형가가 진시황을 암살하러 진나라로 들어갈 때 지도를 지니고 따라간 호걸.

는 이유로 오지 않았겠는가. 그러므로 그 친구라는 사람이 살고 있는 곳이 반드시 초나라나 오나라, 혹은 *삼진과 같이 먼 곳도 아닐 것이요, 반드시 이 날짜에 진나라에 들어가자고 손을 마주잡고 약속한 일도 없었을 것이다.

단지 형경이 문득 마음속에 생각난 어떤 사람을 기다린다고 했을 따름인데, 이 글을 쓴 사람은 형경의 마음속의 사람을 이끌어다가 '함께할 친구'라고 했으니, 그 친구가 어떤 사람인지 알 수 없었던 것이다. 누구인지도 모르는 사람을 두고 단지 먼 곳에 살고 있는 사람이라고 하여 형경을 위로하고, 또한 혹시 그 사람이 오면 어떻게 할까 염려하는 형경을 위해 오지 못했다고 했던 것이다. 그 친구가 오지 못한 것은 형경으로서는 다행스러운 일일 것이다.

만약 그 친구가 참으로 존재했다면, 나도 그를 본 적이 있다. 그 사람의 키는 일곱 자 두 치이며, 짙은 눈썹과 검푸른 수염, 볼이 위엄 있게 늘어지고 이마는 뾰족할 것이다. 어떻게 그 생김새를 아느냐고 물으면, 내가 지금 혜풍의 시를 읽었기 때문이다.

정사가 앞쪽에 깃발·곤봉 따위를 차례로 늘어세운 채 요란하게 성을 출발하고, 그 뒤로 8촌 동생 내원과 주 주부가 두 줄을 이끌고 갔다. 채찍을 겨드랑이에 낀 채 몸을 꼿꼿이 세우고 안장을 의지하니, 어깨가 높직하고 목이 긴 것이 날쌔고 용맹스럽기

• 삼진(三晉) : 중국 춘추 시대 말엽 진(晉)나라의 삼경(三卿)인 위사·조적·한건이 진나라를 나누어 세운 위(魏)·조(趙)·한(韓)나라.

그지없었다.

하지만 자리 밑 *금대의 실이 너덜거리고, 종들의 짚신이 안장 뒤에 주렁주렁 매달려 있었다. 또한 내원의 군복은 푸른 모시로 만든 것이었는데, 헌것을 얼마 전 빨아 입은 탓에 여기저기가 늘어나고 단정치 않아 보였다. 지나치게 검소하다고 할 수 있을 것이다.

조금 사이를 두고 부사의 행차가 성을 출발했다. 이에 나는 말고삐를 천천히 당겨 행차의 맨 뒤에 따라갔다.

儉 素
검소할검 본디소
4급 15획　4급 10획

• 금대(衾袋) : 침구를 넣은 자루인 듯하다.

구룡정에 이르니, 거기가 바로 배가 출발하는 곳이었다. 의주 부윤은 이미 천막을 치고 기다리고 있었다. *서장관은 이른 새벽에 먼저 관사를 출발하여 의주 부윤과 함께 검사하는 것이 관례였다.

곧 사람과 말에 대한 사열이 시작되었는데, 사람은 이름·주소·나이와 함께 수염이나 흉터 같은 것이 있는지, 키가 작은지 큰지를 기록하고, 말은 그 털빛을 적었다. 깃대 셋을 세워 문으로 삼고 금지된 물건을 가졌는지 뒤지니, 그 주된 품목은 황금·진주·인삼·수달피 등이었고, 자질구레한 것들은 수십 종이나 되었다.

종들의 경우에는 웃옷을 풀어헤치고 바지춤을 더듬기도 했으며, 비장이나 역관의 경우에는 짐을 풀어 살펴보았다. 그 바람에 이불 보퉁이며 옷꾸러미 따위가 강언덕에 너울거리고, 가죽 상자나 종이갑들이 풀밭 위에 어지러이 굴러다녔다. 사람들은 다투어 자신의 짐을 챙기며 서로를 힐끔힐끔 돌아보았다.

검사를 하지 않으면 못된 짓을 막을 수 없고, 검사를 하면 이렇게 체면을 상할 수밖에 없다. 그러나 사실은 이런 검사 또한 형식에 지나지 않는 일이다. 의주의 장사치들은 남몰래 일찌감치 강을 건너 버리니, 그 누가 이런 일을 막겠는가.

금지된 품목이 발견되었을 경우, 처음에 걸리면 곤장을 때리

禁 止
금할금 그칠지
4급 13획 5급 4획

• 서장관(書狀官) : 외국에 보내는 사신을 따라 보내던 임시 벼슬.

는 한편 물건을 다 빼앗고, 두 번째로 걸리면 귀양을 보내고, 세 번째로 걸리면 목을 베어 매달아 여러 사람에게 보이게 되어 있으니, 그 법은 엄하기 짝이 없다.

  *다담은 초라했고, 그나마 들이자마자 곧 물렸다. 강 건널 생각에 마음이 조급하여 아무도 손을 대지 않았기 때문이다.

  나루에 있는 배는 모두 다섯 척인데, 한강의 나룻배보다 조금 컸다. 먼저 공물, 말과 마부를 건너게 했다. 뒤를 이어 모두들 배에 오르자, 의주의 관리들과 평양에서부터 따라온 관리들이 모두 뱃머리에서 차례로 하직 인사를 했다.

  사공이 노를 들어 크게 한 번 저었다. 물살은 매우 빨랐다. 뱃노래가 일제히 터져 나왔다. 사공이 힘껏 노를 저은 덕분에 배가 번개처럼 빨리 흘러가니, 아찔한 것이 마치 하룻밤을 지낸 듯했다. 강둑의 통군정 기둥과 난간이 사방팔방으로 빙빙 도는 것 같았다. 배웅 나온 사람들은 그때까지도 모랫벌에 서 있었는데, 마치 팥알처럼 아득하게 보였다.

  내가 역관의 우두머리인 홍명복과 이런저런 이야기를 하는 동안 어느덧 배는 건너편 언덕에 닿았다. 갈대가 마치 짜놓기라도 한 듯 빽빽하여, 아래를 내려다보아도 땅바닥을 볼 수 없었다. 하인들이 다투어 언덕에 내려가서 갈대를 꺾고, 배 위에 깔았던 자리를 걷어서 땅 위에 펼쳐 놓으려고 했다. 하지만 갈대

早 急
이를조 급할급
4급 6획   6급 9획

• 다담(茶啖) : 사신 일행을 대접하는 다과.

줄기가 창날과 같았고, 검은 흙은 진흙같이 질펀했다. 정사를 비롯한 일행은 모두 우두커니 갈대밭에 서 있는 신세가 될 수밖에 없었다.

앞서 강을 건넌 말과 마부는 어디로 갔느냐고 묻자, 좌우에서 대답했다.

"모릅니다."

다시 물었다.

"공물은 별 이상이 없겠지?"

하지만 대답은 역시 '모릅니다' 였다.

누군가 멀리 구룡정 모래 언덕을 가리키며 말했다.

"우리 일행의 말과 마부는 대부분 강을 건너지 못했고, 저기 개미처럼 옹기종기 모여 있는 것이 그들 같습니다."

멀리 의주 쪽을 바라보니 외로운 성 하나가 잿물에 빤 무명이나 모시를 볕에 말릴 때처럼 펼쳐져 있었다. 성문은 바늘 구멍만 해 보여서, 그곳을 통해 나오는 햇살이 마치 샛별처럼 보였다.

이때 커다란 뗏목이 거센 물살을 타고 떠내려왔다.

한 사람이 뗏목 위에 일어서서 소리쳤다.

"나리들께선 철도 아닌 때에 무슨 까닭으로 조공을 바치러 중국에 가십니까? 이 더위에 먼 길을 가시려면 고생깨나 하시겠습니다!"

朝　貢
아침 조　바칠 공
6급 12획　3급 10획

"자네들은 어느 고을에 사는가? 또 어디 가서 나무를 베어 오는 것인가?"

역마를 맡아 보는 종 시대가 그들에게 물었다.

"저희는 모두 봉성에 사는데, 장백산에서 나무를 베어 오는 것입니다."

그들이 대답했다.

그 말이 미처 끝나기도 전에 뗏목은 벌써 까마득하게 멀어져 갔다.

渡
건널도

3급 12획

강물이 합쳐지며 생긴 작은 섬 하나가 강 한복판에 있었는데, 먼저 **건너간** 말과 마부들이 잘못하여 그 섬에 내렸다. 거리는 오 리밖에 안 되었지만, 배가 없으니 다시 강을 건너지 못하고 있었던 것이다.

그들을 그곳에 내려준 두 배의 사공들을 엄하게 꾸짖어 빨리 싣고 오라고 했다.

"저토록 거센 물살을 거슬러 올라가려면, 아마도 하루 이틀로는 어려울 것 같습니다."

사공이 대답했다.

사신들은 모두 몹시 화가 나서 배에 관한 일을 담당했던 의주의 군교를 벌주려 했지만, *군뢰가 없었다. 군뢰 또한 앞서 건너다가 잘못하여 그 섬에 내렸기 때문이다.

• 군뢰(軍牢) : 군대에서 죄인을 다루는 병졸.

부사의 비장 이서구가 분함을 참지 못해 의주의 군교를 잡아 들였다. 그를 엎드리게 할 만한 자리조차도 없어서 볼기를 반만 까고 말채찍으로 네댓 번 때리고 끌어낸 뒤, 빨리 거행하라고 호통을 쳤다. 언어맞은 군교는 한 손으로는 흘러내리는 벙거지를 움켜쥐고, 다른 손으로는 바지춤을 추키면서 연신 '예이, 예이!' 하고 대답했다.

결국 배 두 척을 내어 사공이 물에 들어서 배를 끌었지만, 물살이 워낙 거세어 한 치를 나아가면 한 자를 밀려가는 형편이니, 제아무리 위엄 있는 군령이라 한들 어쩔 도리가 없었다.

잠시 후, 한 척의 배가 강기슭을 따라 나는 듯 내려왔다. 바로 군뢰가 서장관의 가마와 말을 거느리고 오는 것이었다.

장복이 창대를 보고 말했다.

"자네도 오는군!"

아마도 기뻐서 하는 말이었을 것이다.

두 사람에게 짐을 점검하게 해 보니, 있을 것은 모두 있어 아무런 탈이 없었다. 하지만 비장과 역관이 타던 말들이 더러는 오고 더러는 오지 않았다. 그 때문에 정사가 먼저 떠나기로 했다. 군뢰 한 쌍이 말을 타고 뿔피리를 불며 길을 인도하고, 또다른 한 쌍이 걸어서 앞장섰다. 갈대숲을 헤치며 나아가니, 버스럭거리는 소리가 요란했다.

나는 말 위에서 허리에 찬 칼을 뽑아 갈대 한 줄기를 베어 보았다. 껍질이 단단하고 속이 두꺼우니 화살을 만드는 데는 적당하지 않았지만, 붓자루를 만드는 데는 괜찮을 것 같았다. 사슴 한 마리가 놀라 갈대밭을 훌쩍 뛰어넘어 가는데, 보리밭 머리 위로 날아가는 새처럼 빨랐다. 일행은 모두 놀랐다.

십 리를 가서 삼강에 이르니 강물이 맑기가 마치 비단결 같은데, 그 이름이 애라하라고 했다. 어디서 시작되는지는 알 수 없지만, 압록강과의 거리는 십 리에 불과한데도 압록강처럼 거세게 넘쳐흐르지 않는 것으로 보아, 그 발원지가 서로 다름을 알 수 있다.

강에는 배가 두 척 있었는데, 우리나라의 놀잇배와 비슷한 종류였다. 길이와 폭은 그만 못하지만 튼튼하고 치밀하게 만들어진 듯했다. 배를 젓는 이들은 모두 봉성 사람들로서, 사흘 동안 우리를 기다리느라고 준비한 식량이 떨어져 제대로 먹지도 못했다고 말했다.

배가 닻을 내린 곳이 매우 질퍽거리기에 나는 되놈 하나를 '웨이!' 하고 불렀다. 얼마 전 시대에게서 배운 말이었다.

그는 기꺼이 노를 놓고 내 쪽으로 다가왔다. 나는 펄쩍 뛰어 그의 등에 업혔다. 그는 히죽거리며 나를 배 안으로 들이고는 큰 숨을 몰아쉬며 말했다.

速
빠를속
6급 11획

"*흑선풍의 어머니가 이렇게 푹푹 빠져 들어갈 정도로 무거웠다면, 아마도 높은 고개를 오르지 못했을 겁니다."

주부 조명회가 그 말을 듣고 큰소리로 껄껄 웃었다.

"저 무식한 놈이 *강혁은 모르고 이규만 아는군."

내 말에 조명회가 다시 덧붙였다.

"그의 말 속에는 여러 가지 뜻이 있지요. 한편으로는 이규의 어머니가 이렇게 무거웠다면 비록 그가 힘이 장사라 하나 업고 고개를 넘지 못했으리라는 뜻이지만, 다른 한편으로는 이규의 어머니가 호랑이에게 물려갔으니, 이렇게 살집이 좋은 분을 굶주린 호랑이에게 주었다면 오죽 좋겠느냐는 뜻일 것입니다."

나는 크게 웃으며 말했다.

"제놈이 입이라고는 달려 있지만, 아무러면 그처럼 여러 가지 뜻을 담았겠소."

조명회가 다시 말했다.

"하기야 눈 뜨고도 고무래 정(丁)자를 모른다는 것은 저런 놈을 두고 한 말이겠지요."

애라하의 폭은 우리나라 임진강과 비슷하다.

강을 건넌 후 곧바로 구련성을 향해 떠났다. 우거진 숲이 장막처럼 펼쳐져 있는데, 여기저기에 범 그물을 쳐 놓았다. 의주

帳 幕
장막장 장막막
4급 11획 3급 14획

• 흑선풍(黑旋風) : 《수호지》에 나오는 108명의 영웅 중 한 명인 이규(李逵)의 별명. 여기서는 흑선풍이 그 어머니를 양산박으로 모시고 가기 위해 업고 길을 나선 일을 말한다. 기수령을 넘을 때 어머니가 목이 마르다고 하여 내려놓고 물을 뜨러 간 사이, 호랑이가 어머니를 잡아먹었다.

• 강혁(江革) : 중국 후한(後漢) 때의 효자. 어려서 아버지를 여의고 홀어머니를 모시다가, 난리를 만나자 어머니를 등에 업고 다녔다고 한다.

의 군졸들이 가는 곳마다 나무를 베는데, 그 소리는 온 들판을 울렸다.

홀로 높은 언덕에 올라 사방을 바라보니, 산은 환하고 물은 맑은데 탁 트인 넓은 들판에는 나무들이 하늘을 찌를 듯 서 있었다. 은근히 커 보이는 마을터에서는 개와 닭의 소리가 들리는 듯 하고, 땅이 기름져 농사를 짓기에 알맞을 것 같았다. 패강 서쪽과 압록강 동쪽에는 여기와 비교할 만한 곳이 없었다.

어떤 이는 일찍이 고구려 때는 이곳을 도읍지로 삼은 적도 있다고 했는데, 이른바 국내성을 가리키는 것이다.

이후 명나라 때 진강부가 되었는데, 청나라가 요동을 함락시키자 진강 사람들은 머리 깎기를 거부하며, 어떤 자는 모문룡의 밑으로 들어가기도 하고, 어떤 자는 우리나라로 귀화하기도 했다.

그후 우리나라로 귀화했던 사람들은 청의 요구에 따라 모조리 돌려보내졌고, 모문룡의 밑으로 들어갔던 사람들은 대부분 유해의 난 때 죽었다. 그리하여 주인 없는 빈 땅이 된 지도 이미 백여 년이 지났으니, 쓸쓸하게도 산 높고 물 맑은 것만이 눈에 들어올 뿐이었다.

나는 다시 내려와 노숙을 위해 진 치는 것을 돌아보았다. 역관은 셋이나 다섯 사람에 천막 하나씩을 쳤고, 역졸과 마부들은 다

歸 化
돌아갈 귀 될 화
4급 18획 5급 4획

섯이나 열 명씩 무리지어 시냇가에 나무를 얽어매어 잠자리를 마련했다. 밥 짓는 연기가 자욱했고, 시끌벅적 사람들 지껄이는 소리와 히힝거리는 말의 울음소리가 어엿한 마을 하나를 이루었다.

의주에서 온 장사꾼 한 패는 저희끼리 한 곳에 모였다. 그들은 시냇가에서 닭을 수십 마리나 잡아서 씻는 한편, 그물을 던져서 물고기도 잡고 있었다. 국을 끓이고 나물을 볶으며, 밥알에는 기름이 잘잘 흐르니, 그들의 살림살이가 가장 풍성하다고 할 수 있었다.

얼마쯤 있자니, 부사와 서장관이 차례로 도착했다. 벌써 황혼녘이어서 30여 군데에 화톳불을 밝혔다. 모두 아름드리 큰 나무를 톱으로 자른 것으로서, 먼동이 틀 때까지 환하게 밝혔다. 군뢰가 뿔피리를 한 번 부니, 3백여 명이 일제히 함성을 질렀다. 이는 곧 호랑이를 막기 위함이니, 이런 일은 밤새도록 그치지 않았다.

군뢰라는 위인들은 의주에서 가장 기운 센 자들을 뽑아 온 것인데, 이 일행의 하인들 중에서 일도 가장 많이 하고 먹기도 가장 잘 먹는다고 했다.

그들의 차림새는 가히 배꼽을 쥐고 웃을 만한 것이었으니, 구름무늬가 새겨진 남색 비단으로 받쳐 댄 털벙거지에, 상투 꼭대

기에는 *운월에 붉게 물들인 깃털을 꽂고, 벙거지 앞에는 금실로 '용(勇)' 자 하나를 붙여 놓았다.

검푸른 삼베로 만든 소매 좁은 군복 위에 붉은 무명 배자를 덧입고, 허리에는 전대를 둘렀으며, 어깨에는 주홍빛 무명실로 짠 *대융을 걸치고, 발에는 미투리를 신었으니, 그 모양새를 볼 때 '이야말로 한 쌍의 어엿한 건아들이 아닌가' 하고 감탄하지 않을 수 없을 것이다.

단지 흠이 있다면 말 타는 모습이다. 안장 없이 말등에 올라탄 모습은, 말을 탔다기보다는 오히려 쪼그려 앉았다고 해야 옳았다. 등에는 조그만 남색 군기를 꽂고, 한 손에는 군령을 새긴 널빤지를 들고, 다른 손에는 붓·벼루·파리채와 팔뚝만한 마가목 채찍을 쥐었다. 입으로는 나팔을 불며, 앉은 자리 밑에는 10여 개의 붉은 곤장을 비스듬히 꽂고 있었다.

명령을 내릴 일이 있어 부르면, 그들은 짐짓 못 들은 체했다. 연거푸 십여 차례 부르면, 뭐라고 중얼거리며 혀를 차다가 마침내는 큰 소리로 '예이!' 하고 대답했다. 마치 부르는 소리를 그제야 들은 것처럼 꾸미는 것이다. 그러고는 단숨에 말에서 뛰어내려 돼지처럼 달리고 소처럼 헐떡거리며 나팔·붓·벼루 등을 한쪽 어깨에 메고 막대 하나를 질질 끌며 뛰어갔다.

한밤중이 못 되어 소나기가 억수같이 퍼부었다. 위로는 장막

舌
허설
4급 6획

* **운월(雲月)** : 모자나 벙거지의 가운데 둥글게 나온 부분.

* **대융(大絨)** : 조끼 모양의 쾌자처럼 윗옷 위에 걸치는 겉옷.

이 새고, 밑으로는 습기가 차오르니 피할 곳이 없었다. 잠시 후 비가 개니, 하늘에는 별이 총총히 떠서 손을 내밀어 어루만질 수도 있을 것 같았다.

濕　氣
젖을습　기운기
3급 17획　7급 10획

핵심⁺ 열하(熱河)

　　열하는 청나라 황제들이 사냥을 즐겼던 휴양지다. 온천이 많아 강물이 얼지 않는다고 해서 열하라고 부른다. 북경에서 약 230킬로미터 떨어진 내몽고 지역에 있다. 열하는 처음 여행 일정에는 없었다. 그러나 박지원 일행이 북경에 도착했을 때 황제가 열하에 머물러 있는 바람에 그곳까지 가게 된 것이다. 한양에서 출발해 압록강을 건너 북경으로 갔다가 다시 열하까지 가는 데는 한 달 보름 정도가 걸린다. 그 거리는 무려 4천 리, 1천 6백 킬로미터나 된다.

好樂好樂 한자 노트

한가지동 | 총 6획 | 부수 口 | 7급

사람들의 의견(口)이 겹쳐졌다고 하여 '같다'의 뜻이다.

同數(동수) : 같은 수.
同時(동시) : 같은 때나 시기.
合同(합동) : 둘 이상의 조직이나 개인이 모여 행동이나 일을 함께 함.
同夫人(동부인) : 아내와 동행함.

내가 찾은 사자성어

한가지동 쓸고 한가지동 즐길락

同苦同樂
동　고　동　락

내용》 괴로움도 즐거움도 함께 함.

구련성(九連城)

중국 요녕성(遼寧省) 단동(丹東) 북쪽에 있는 옛 성이다. 금(金)나라가 고려를 방어하기 위해 압록강가에 쌓은 9개의 토성을 말한다. 압록강을 사이에 두고 우리나라의 의주와 마주보고 있다. 청나라는 조선과의 국경지대에 사람이 살지 못하도록 구련성부터 책문까지 봉금지대로 정해 놓았다. 박지원을 비롯한 조선 사신들은 첫날 압록강을 건너 이 구련성 부근에서 노숙을 했다.

땅지 | 총 6획 | 부수 土 | 7급

굴곡진 지형(土)의 생김새를 큰 뱀이 있는 것처럼 여겨 也를 합쳐서 '땅'을 뜻하게 되었다.

地名(지명) : 마을이나 지방·산천·지역 따위의 이름.

地主(지주) : 땅을 가진 사람.

農地(농지) : 농사짓는 데 쓰는 땅.

地下水(지하수) : 땅속의 토사·암석 따위의 빈틈을 채우고 있는 물.

내가 찾은 속담

땅 짚고 헤엄치기

≫ 일이 매우 쉽다는 말.

6월 25일

아침에는 가랑비가 내리더니 한낮이 되자 맑게 개었다.

모두들 지난밤 비에 젖은 옷과 이불들을 내어 말린다. 마부 중 술을 가지고 온 자가 있어서, 어의인 변 주부의 하인이 한 병을 사다가 바친다.

서로 떠밀며 시냇가에 나가 술잔을 기울였다. 강을 건너온 뒤로는 우리나라 술은 아예 단념했었는데, 이제 갑자기 마실 기회가 생긴 것이다. 역시 우리나라 술은 정말 맛이 좋다. 그런데다가 한가로이 시냇가에 앉아서 마시니, 그 멋 또한 뭐라고 말하기가 힘들다.

마두들이 서로 앞다투어 낚시질을 하기에, 나도 취한 김에 낚시 한 대를 빌려서 던져 보았다. 곧 두 마리의 작은 고기가 걸리는 것을 보니, 내가 낚시질을 잘하는 것이 아니라 이 시냇물에 사는 고기들이 낚시에 단련되지 못한 까닭인 듯하다.

방물이 아직 도착되지 않아 다시 구련성에서 묵기로 했다.

6월 27일

아침에는 안개가 끼었으나, 나중에는 맑아졌다.

아침 일찍 떠났다. 도중에 되놈 대여섯 명을 만났는데, 모두 작은 당나귀를 타고 있었다. 벙거지와 옷이 남루하며 얼굴들이 지친 듯 파리해 보였다.

그들은 모두 봉황성 사람들로서 애라하에 국경을 지키러 가는 길인데, 대부분 삯에 팔려 가는 자들이라 한다. 그 말을 들으니, 우리나라는 염려할 것이 없지만 중국의 변방은 너무 허술하다는 생각이 들었다.

마두들이 나귀에서 내리라고 호통을 치자, 앞장섰던 둘은 곧 내려서 한쪽으로 비켜서 가는데 뒤에 가는 셋은 내리지 않고 버티었다.

마두들이 일제히 소리를 높여 다시 꾸짖으니, 그들도 눈을 부릅뜨고 똑바로 쏘아보면서 소리쳤다.

"당신네 상전이 우리에게 무슨 상관이 있나?"

우리 마두 하나가 왈칵 달려들어 그자의 채찍을 빼앗아 맨종아리를 후려갈기며 꾸짖었다.

"우리 어르신께서 가지고 온 것이 어떤 물건이며 어떤 문서인지나 아느냐? 저 노란 깃발에 '황제께 드림'이라고 써 있는 게 안 보이느냐? 너희놈들 눈이 성하다면, 황제께서 친히 쓰실 방물인 줄 모를 리가 없지 않느냐?"

그제야 그들은 나귀에서 내려 땅에 엎드렸다.

"그저 죽을 죄를 지었습니다."

그런데 그중 한 녀석이 일어나더니, 우리 마두의 허리를 껴안고 얼굴 가득 웃음을 띤 채 말했다.

"영감, 제발 참으시오. 쇤네들이 죽을 죄를 지었소."

우리 마두가 껄껄 웃으며 호쾌한 목소리로 말했다.

"너희는 머리를 조아려 사죄하렷다!"

그들이 다시 진흙 바닥에 엎드려 머리가 땅에 닿도록 조아리니, 그 이마가 진흙투성이가 되었다.

"빨리 물러가라!"

마두들이 모두 크게 웃으며 호통을 쳤다. 그들은 서둘러 그 자리를 떠났다.

나는 그 광경을 다 보고 나서 타일렀다.

"내 듣기에 너희가 중국에 들어갈 때마다 여러 가지로 소란을 피운다고 하던데, 과연 그 말이 틀리지 않는구나. 앞으로는 그런 소란을 일으키지 마라."

그러자 모두 입을 모아 말했다.

"이렇게라도 하지 않으면 그 먼 길 허구한 날을 지루해서 어찌 보냅니까?"

멀리 봉황산을 바라보니 전체를 돌로 깎아 세운 듯 평지에 우뚝 솟아 있었다. 마치 손바닥 위에 손가락을 세운 듯했다. 또 어찌 보면 연꽃 봉오리가 반쯤 피어난 듯도 하고, 하늘가에 여름 구름의 기이한 모양이 너무 아름다워 뭐라 형용하기 힘들었다.

奇 異
기이할기 다를이
4급 8획 4급 11획

다만 맑고 윤택한 기운이 모자라는 것이 흠이었다.

넓은 들판이 질펀한데, 비록 개간되어 있는 것은 아니지만 가는 곳마다 나무를 찍어 낸 흔적들이 역력하고, 풀섶에 소 발자국과 수레바퀴 자국이 있는 것으로 보아 *책문이 가깝고, 또 백성들이 무시로 이곳에 드나든다는 것을 알 수 있었다.

말을 빨리 몰아 7, 8리를 가니 책문에 닿을 수 있었다. 양과 돼지가 산에 떼지어 있고, 아침을 짓는 연기 때문에 사방이 푸른 빛에 둘러싸여 있었다.

나무로 울타리를 세워 겨우 국경을 밝혔으니, 버들을 꺾어 울타리를 삼는다는 것이 이를 두고 하는 말인 듯하다. 책문의 지붕엔 이엉이 덮여 있고, 널빤지로 된 문이 굳게 닫혀 있었다.

나무 울타리에서 수십 발자국 떨어진 곳에 천막을 치고 잠시 쉬고 있는데 방물이 도착했다. 우리가 방물을 책문 밖에 쌓는 것을 되놈들이 나무 울타리 안에 늘어서서 구경했다.

대부분 맨머리에 담뱃대를 물고 부채를 부치고 있었다. 어떤 자는 검은 공단 옷을, 또 다른 자는 모시 옷을 입고 있었다. 허리에는 수놓은 주머니 서넛에 조그만 칼을 꽂았고, 담배쌈지는 호로병처럼 생겼는데, 거기에다 꽃, 풀, 새 또는 옛사람의 이름난 글귀를 수놓았다.

역관과 마두들이 다투어 나무 울타리 가까이 가서 그들과 손

歷 歷
지날력 지날력
5급 16획 5급 16획

• 책문(柵門) : 국경의 출입구.

압록강을 건너며(도강록) 33

을 잡으며 반갑게 인사를 나누었다.

책문 밖에서 안을 바라보니, 수많은 민가들은 대체로 다섯 들보가 높이 솟아 있고, 지붕은 띠로 엮은 이엉을 덮었다. 등성마루가 높다랗고 출입문이 가지런하고 네거리가 쭉 뻗어서, 양쪽 가장자리는 마치 먹줄을 친 것 같다. 담은 모두 벽돌로 쌓았고, 길거리는 사람 탄 수레와 화물을 실은 수레들로 북적거렸다. 어디로 보나 시골티라고는 전혀 없다.

중국의 동쪽 변두리임에도 이렇듯 번화하니, 정작 큰 도회지로 가면 또 얼마나 번화할까 하는 생각에 갑자기 한풀 꺾이는 느낌이다.

여기서 그만 발길을 돌릴까 하는 생각에 온몸이 화끈해진다. 그 순간, 나는 깊이 반성했다.

'이는 일종의 시기하는 마음이다. 내 본래 성미가 욕심이 없고 조촐하여 남을 부러워하거나 시기하는 마음은 조금도 없었는데, 남의 나라에 와서 아직 그 만분의 일도 보지 못하고 벌써 이런 마음이 들다니, 어찌 된 까닭일까? 이는 아마도 견문이 좁은 탓이리라.'

잠시 후에 책문이 활짝 열렸다. 봉성 장군과 책문 어사가 방금 와서 집무실에 앉아 있다고 한다.

되놈들이 한꺼번에 책문으로 몰려나오며 쌓아 둔 방물과 각

개인의 짐짝들 무게를 가늠했다.

그들은 사신이 앉아 있는 곳까지 와 보고는, 담뱃대를 물고 손가락질을 하며 자기들끼리 말했다.

"저이가 왕자인가?"

'왕자'란 임금과 가까운 집안으로 사신의 우두머리인 정사가 된 사람을 가리키는 말이었다.

"아니야. 머리가 희끗희끗한 저이가 임금의 사위 되는 어른인데, 지난해에도 왔었어."

그중 이쪽 사정을 잘 아는 자가 말했다.

그때 시냇가에서 **다투는** 듯 소란스러운 소리가 들려왔다. 그런데 그 말소리가 마치 새가 지저귀는 듯하여 한 마디도 알아들을 수가 없었다. 급히 가서 보니, 득룡이 되놈들과 예물의 많고 적음을 다투고 있었다.

대개 예단을 나누어 줄 때면 반드시 전례를 따라 그대로 주면 된다. 그럼에도 불구하고 이 봉황성의 교활한 청인 관리들은 반드시 무슨 꼬투리를 잡아 한 가지라도 더 **빼앗으려고** 기를 썼다. 이런 일을 잘 처리하고 못하고는 순전히 *상판사의 마두에게 달린 것이다. 만일 그가 일에 서툰 풋내기라든지, 중국말을 제대로 못한다든지 하면, 그자들이 요구하는 대로 줄 수밖에 없는 것이다. 금년에 이렇게 했다 하면 내년에는 벌써 그것이 전례가 되

正 使
바를정 부릴사
7급 5획 6급 8획

• 상판사(上判事) : 각 관청의 장관 벼슬.

기 때문에, 무슨 수를 쓰든 전례를 만들지 않아야 한다.

사신들은 이와 같은 내막을 모르고 오직 책문 안으로 들어가기에만 급하여 자꾸만 역관을 재촉하고 또 역관은 마두를 재촉하여, 그 폐단이 오래 전부터 이어져 온 것이다.

内 幕
안내 장막막
7급 4획 3급 14획

상판사의 마두가 예단을 나눠주려 하자 되놈 백여 명이 빙 둘러섰다. 그중 하나가 갑자기 그에게 큰소리로 욕을 했다. 득룡이 수염을 쓱 쓰다듬으며 눈을 부릅뜬 채 내달아 그자의 앞가슴을 움켜쥐고 주먹을 휘둘러 때리려는 시늉을 하며, 여러 되놈들에게 소리쳤다.

"이런 뻔뻔스럽고도 무례한 놈이 있나! 언젠가 대담하게도 어른의 쥐털 목도리를 훔쳐 가고, 또 그 다음해엔 어른께서 주무시는 틈을 타서 내 허리에 차고 있던 칼을 뽑아 어른의 칼집에 달린 술을 끊어 훔쳐가다 들켜서 한 주먹에 경을 친 바로 그 놈 아냐? 그때 손이 발이 되게 비는 바람에 살려 주었더니, 부모 같은 은인이라며 평생 잊지 않겠다고 하고는 이번에 또 이렇게 버릇없이 구는구나. 이런 놈이 세상에 또 어디에 있단 말인가? 오랜만에 왔다고 우리 어르신이 네놈의 몰골을 몰라보실 줄 알았느냐? 이런 쥐새끼 같은 놈은 당장 봉성 장군에게 끌고 가야 해!"

여러 되놈은 득룡에게로 몰려와 그자를 용서해 줄 것을 청했

다. 그 가운데 수염이 보기 좋고 옷도 깔끔하게 입은 한 노인이
특히 더 진지하게 사정을 했다.

"형님, 제발 좀 참으시오."

득룡이 그제야 노여움을 풀고 웃으며 말했다.

"만일 동생의 안면을 보지 않는다면, 이놈의 콧잔등을 한 대
갈겨 저 봉황산 꼭대기로 던질 텐데……."

그의 거동이 우습기 짝이 없었다.

그런 일이 있은 후로는 모든 되놈들이 끽소리 없이 예단을 받
아 가지고 가 버린다.

상판사 조달동이 내 곁에 와 서 있다가 말했다.

"득룡의 수단이 정말 대단합니다. 실은 지난해에 칼이며 주머
니며 잃어버린 일이 없답니다. 공연히 트집을 잡아 그중 한 놈의
기를 죽여 놓으니, 다른 놈들은 저절로 수그러져 아무 소리 못한
거지요. 만일 그렇게 하지 않았다면, 사흘이 가도 싸움이 그치
지 않아서 좀처럼 책문 안에 들어가지 못했을 겁니다."

이윽고 군뢰가 와서 엎드려 아뢰었다.

"문상 어사와 봉성 장군이 *수세청에 나와 계십니다."

우리 사신 일행이 차례로 책문 안으로 들어갔다.

일단 이 문 안으로 들어서 중국 땅을 밟으면 그때부터 고국과
는 소식이 끊어지는 것이다. 섭섭한 마음을 누르며 동쪽 하늘을

顔 面
낯안 낯면
3급 18획 7급 9획

• 수세청(收稅廳) : 오늘날
의 세관과 같은 관청.

바라보고 서 있다가, 이윽고 몸을 돌려 천천히 책문 안으로 들어섰다.

점심을 먹고 나서 내원, 정 진사와 함께 구경을 나섰다. 봉황산은 이곳에서 6, 7리밖에 안 된다고 했다. 산을 정면으로 바라보니, 더욱 뾰족하고 기이하게 생겼다. 산 속에는 안시성의 옛 터가 지금까지 남아 있다고 하는데, 그것은 틀린 말이다. 삼면이 하나같이 깎아지른 듯하여 나는 새라도 오를 수 없을 듯했다. 오직 정남쪽만이 다소 평평하나 그 주위가 수백 보에 지나지 않

唯
오직 유
3급 11획

는 것으로 보아, 이런 비좁은 곳에서 어떻게 많은 군사가 오랫동안 머물 수 있었을까 싶다. 아마도 고구려 때의 작은 초소가 있었던 듯싶다.

세 사람이 버드나무 밑에서 땀을 식히고 있었다. 옆에 벽돌로 쌓은 우물이 있었는데, 그 위는 돌을 넓게 다듬어서 덮고, 양쪽에는 구멍을 뚫어 가까스로 두레박만 드나들게 만들었다. 이는 사람이 빠지거나 먼지가 들어가는 것을 막기 위함이었다. 또 물의 본성이 원래 음(陰)한 것이기 때문에 햇빛을 막아 **활수**를 기르려는 생각도 있는 것 같았다.

우물 뚜껑 위엔 도르래를 만들어 양쪽으로 줄 두 가닥이 드리워져 있다. 그 줄 끝에 버들가지를 걸어서 둥근 그릇을 만들었는데, 그 모양이 바가지 같았다. 그러나 그 속이 깊어 한쪽이 위로 올라오면 다른쪽이 내려가서, 종일 물을 길어도 사람의 힘이 허비되지 않을 듯싶었다. 물통은 모두 쇠로 테를 두르고 작은 못을 촘촘히 박은 것이다. 대나무로 만든 물통은 오래 지나면 썩어서 끊어지기도 하고 통이 마르면 대나무로 된 테가 저절로 헐거워져 벗겨지므로, 이렇게 쇠로 테를 두르는 것이 좋은 방법이다.

물을 길어 가지고는 모두 어깨에 메고 다닌다. 이것을 편담이라고 한다. 메는 법은 팔뚝만큼 굵은 나무를 한 길이나 되게 다듬어 그 양쪽 끝에 물통을 걸되, 물통이 땅 위에서 넉넉히 한 자쯤 떨어지도록 한다. 이렇게 하면 물통이 흔들려도 물이 넘치지 않는다. 우리나라의 경우 평양에서 이런 방법으로 물을 긷기도 하고 짐을 나르기도 하는데, 그것도 어깨에 메지 않고 등에 지기 때문에 좁은 길에서는 여간 거추장스러운 것이 아니다. 등에 지는 것보다 이곳처럼 어깨에 메는 것이 훨씬 편리할 듯싶었다.

옛날 *포선의 아내가 물동이를 들고 다니며 물을 길었다는 대목을 책에서 읽고, 왜 물동이를 머리에 이지 않고 손에 들었을까 퍽 궁금했었다. 그런데 여기 와서 보니, 이 나라 부인네들은 머리의 쪽을 훨씬 높은 곳에다 찌기 때문에 머리에 물동이뿐만 아니라 어떤 물건도 일 수 없다는 것을 알겠다.

卷
책 권
4급 8획

6월 28일

아침에 안개가 끼었으나 뒤늦게 맑게 개었다.

아침 일찍 변 군과 함께 먼저 길을 떠났다. 그가 멀리 한 곳을 가리키며 내게 말했다.

"저것이 통관을 지낸 서종맹이라는 자의 집입니다. 황성에는 저것보다 훨씬 더 큰 집을 가지고 있었답니다. 서종맹은 원래 이름난 탐관오리로서 법에 어긋나는 일을 저지르고, 특히 우리 조선 사람들의 등골을 빨아 큰 부자가 되었습니다. 그런데 늘그막에 나라에서 그와 같은 사실을 알고 황성에 있던 집을 빼앗았는

• 포선(鮑宣) : 중국 한(漢)
나라의 강직한 관리.

데, 저 집만은 그대로 남겨 두었답니다."

변 군은 말솜씨가 아주 좋아서, 한번 읽어 본 글을 외우듯 한다. 그는 선천에 살았던 사람으로, 지금까지 예닐곱 차례나 연경에 드나들었다고 한다.

봉황성까지는 30리쯤 남았다. 옷이 푹 젖고, 지나가는 사람들의 수염에도 이슬이 맺혀 마치 구슬처럼 보였다. 서쪽 하늘 귀퉁이로부터 짙은 안개가 트이며 한 조각 파란 하늘이 나타났다. 그 파란빛이 작은 창에 끼워 놓은 유리알처럼 영롱했다. 잠깐 사이에 안개가 아롱진 구름으로 그 모습을 바꾼 듯했다. 뭐라고 말할 수 없는 장관이었다. 돌아서서 동쪽을 바라보니 이글이글 타오르는 듯한 한 덩이의 붉은 해가 세 발 정도 떠올라 있었다.

강영태의 집에서 점심을 먹었다. 강영태는 스물세 살인데, 하얗고 말끔한 얼굴에 서양금을 잘 친다. 강영태의 집은 깨끗하면서도 화려해 보였다. 의자나 탁자에는 비단 요가 깔려 있고, 뜰에는 시렁을 매는 삿자리로 햇볕을 가렸으며, 그 사면에는 노란색 발을 늘어뜨렸다. 앞쪽에는 석류 화분 대여섯 개가 나란히 놓였는데, 그 가운데 하나에 흰 석류꽃이 활짝 피었다. 그것말고도 이상하게 생긴 나무를 심은 분이 하나 있어 이름을 물으니, 무화과라고 했다. 꽃 없이 열매가 맺히기 때문에 무화과라고 한 것이다.

壯 觀
장할 장 볼 관
4급 7획 5급 25획

점심 식사를 하려면 아직 좀더 있어야 한다기에, 배고픈 것을 참고 집구경을 나섰다. 들어올 때는 오른쪽의 작은 문을 이용했기 때문에 집이 어느 정도로 웅장한지 잘 몰랐었다. 그런데 앞문으로 나가 보니, 바깥 뜰이 수백 칸이나 되고, 우리 사신들과 그 딸린 사람들이 모두 이 집에 들었는데도 누가 어디 있는지 알 수 없을 정도로 넓었다. 아마 모든 것이 규모 있게 배치되어 서로 마주치는 일이 없기 때문일 것이다.

점심을 먹은 후 출발하는데, 강영태가 문 밖까지 나와 인사하며 헤어지는 것을 아쉬워하더니, 돌아올 때는 겨울이 될 테니 책력 한 벌을 사다 달라고 부탁했다. 나는 그에게 청심환 한 개를 주었다.

전당포 앞을 지나가는데, 잘생긴 청년 두세 명이 그 안에서 뛰어나와 잠시 땀을 식히고 가라고 붙잡았다. 말에서 내려 따라 들어가 보니, 강영태의 집보다 훨씬 좋았다. 뜰 가운데 연밥을 심은 커다란 분 두 개가 놓여 있는데, 그 속에 오색 금붕어가 있었다. 청년이 손바닥만한 작은 비단 그물을 든 채 작은 항아리 쪽으로 가더니 빨간 벌레 몇 마리를 건져다가 분 속에 넣어 준다. 깨알만큼 작은 그 벌레들은 꼬물꼬물 움직였다. 청년이 부채로 분 가장자리를 때리자, 고기가 모두 물 위로 나와 물을 빨아들였다가 대신 거품을 내놓는다.

冬
겨울동
7급 5획

한낮의 불볕 더위에 숨이 막힐 듯하여 더 오래 머무를 수가 없어 길을 나섰다. 시냇가에 이르러 버드나무 그늘에서 땀을 식혔다. 길 옆에서는 무덤을 흔히 볼 수 있는데, 위가 뾰족하고 떼를 입히지 않은 것이 特징이었다. 그 사이사이에 백양나무를 줄지어 심었다.

특 徵
특별할특 부를징
6급 10획 3급 15획

길에는 걸어다니는 사람이 드물었다. 이따금 걸어다니는 사람을 보면, 모두 어깨에 이불짐을 짊어지고 있었다. 그것이 없는 사람은 여관에서 잠을 재워 주지 않는다고 한다. 말을 탄 사람은 모두가 검은 비단신을 신었고, 걷는 사람은 대개 푸른 베신을 신고 있었는데 신바닥에 베를 수십 겹이나 받쳐 댄 것이었다. 그러나 미투리나 짚신을 신은 사람은 볼 수 없었다.

송참에서 한뎃잠을 잤는데, 그곳은 설리참이라고도 하고 설류참이라고도 한다. 오늘은 70리를 걸었다.

6월 29일

맑게 개었다.

배로 삼가하를 건넜다. 배가 마치 말구유 모양으로 생겼는데, 통나무를 파서 만든 것이었다. 이상하게 상앗대도 없이 양쪽 강언덕에 아귀진 나무를 세우고 튼튼한 밧줄을 건너질렀다. 그래서 그 줄을 잡아당기며 따라가면 자연히 배가 오고가기 때문에

氣 勝
기운기 이길승
7급 10획 6급 12획

상앗대가 필요없는 것이다. 말들은 모두 물에 둥둥 떠서 건넜다.

다시 유가하를 건너 황하장에서 점심을 먹었다. 한낮이 되자 더위가 **기승**을 부렸다. 말을 타고 금가하를 건너가니, 그곳이 바로 팔도하였다. 5리나 10리마다 마을이 있고, 뽕나무와 무성한 삼밭이 있었다. 밭에는 올기장이 누렇게 익고, 옥수수 이삭도 한창 패고 있었다. 옥수수의 잎은 모조리 베어져 있었는데, 말과 노새의 먹이를 만들기 위해서라고 했다. 또 잎을 베어 버림으로써 땅의 열기를 받아 옥수수가 알차게 영근다는 것이었다.

지나가는 곳마다 *관제묘가 있었고, 몇 집 건너 반드시 한 채의 큰 우리가 있었는데, 벽돌을 굽는 곳이라고 했다. 벽돌은 틀에 찍어 내어 말리는 것으로, 이미 구워 놓은 것, 새로 구울 것 등이 곳곳에 산더미처럼 쌓여 있었다. 그것으로 그들의 생활에서 벽돌이 얼마나 요긴한 물건인지 짐작할 수 있었다.

전당포에서 잠시 쉬려고 하는데, 주인이 중간 방으로 불러 더운 차를 한 잔씩 권했다. 집 안에는 온갖 진귀한 물건들이 즐비하게 진열되어 있었다. 시렁 높이가 대들보에까지 닿았는데, 그 위에는 전당 잡은 물건들이 얹혀 있었다. 그것은 모두 옷이었다. 보자기에 싼 채 종이쪽지를 붙여서 물건 주인의 이름과 주소 등을 적어 놓고, '어느 해 어느 달 어느 날에 어떤 물건을 어떤 전당포에 분명히 맡겼다'라고 적어 두었다. 그 이자는 2할을 넘는

• **관제묘**(關帝廟) : 관우(關羽)를 모신 사당.

법이 없고, 기한이 지난 후 한 달이 되면 전당포에서 그 물건을 팔아 버릴 수 있다고 했다.

옥수숫대로 교묘하게 누각을 만들어, 그 속에 풀벌레 한 마리를 넣고 그 울음소리를 듣는다. 처마끝에는 조롱을 매달고 그 안에 이상한 새 한 마리를 가두어 기르고 있었다.

오늘은 50리를 행진하여 통원보라는 곳에서 묵었다.

7월 1일

새벽에 큰 비가 내려 떠나지 못했다.

정 진사를 비롯해서 여럿이 노름판을 벌였다. 소일도 할 겸 술값을 마련하자는 생각이었다. 그들은 솜씨가 서투르다면서 나를 노름판에 끼워 주지 않았다. 그저 가만히 앉아 있다가 술이나 마시라고 했다. 속담에 있는 대로 '굿이나 보고 떡이나 먹으라'는 셈이니, 은근히 기분이 상하기도 했지만 어쩔 수가 없었다. 혼자 옆에 물러앉아 노름하는 양이나 구경하고 있다가 공술을 먹게 되었으니, 생각하면 별로 해로울 것도 없는 일이었다.

벽을 사이에 두고 여인의 목소리가 간간이 들려왔다. 어쩌나 가냘프고 아리따운지 마치 제비나 꾀꼬리가 노래하는 소리 같았다. 나는 마음속으로 생각했다.

'아마도 주인집 아가씨겠지. 틀림없이 굉장한 미인일 거야.'

消 日
사라질소 날일
6급 10획 8급 4획

口 實
입구 열매실
7급 3획 5급 14획

짐짓 담뱃불을 붙인다는 **구실**로 부엌으로 들어가니, 나이가 쉰도 넘어 보이는 부인이 평상에 기댄 채 문 쪽으로 앉아 있었다. 그런데 그 생김새가 사납고도 아주 추했다. 그 부인이 나를 보더니 인사를 했다.

"아저씨, 안녕하십니까?"

"주인께서도 별고 없으십니까?"

그녀의 인사에 답하고 나서 나는 아궁이의 재를 파헤쳐 담뱃불을 붙이는 체하며 곁눈질해 보았다. 쪽찐 머리는 온통 꽃으로 장식한데다가 금비녀가 꽂혀 있었다. 옥귀고리에 연지를 살짝 바르고, 검은색 긴 통바지를 입고 은으로 만든 단추를 가지런히 달았으며, 풀·꽃·벌·나비를 수놓은 신을 신고 있었다. 발을 붕대로 싸감지 않고 작은 신발을 신지 않은 것으로 보아 아마도 만주 여자인 듯했다.

그때 발을 들치고 한 처녀가 나왔다. 스무 살쯤 되어 보였다. 그녀가 처녀라는 것은, 머리를 양쪽으로 갈라 틀어올린 것으로 보아 알 수 있었다. 생김새는 역시 사납고 억세어 보였지만, 살결만은 희고 깨끗했다. 쇠양푼을 갖고 와서 질그릇에 담긴 수수밥을 수북하게 퍼담더니, 거기에다 물을 부어 가지고 서쪽 벽 아래에 걸터앉아 젓가락으로 밥을 먹었다. 반찬으로는 기다란 통파를 잎사귀째 장에 찍어서 먹었다. 그녀의 목에는 달걀만한 혹이 있었는데, 그녀는 밥을 먹고 차를 마시는 동안 전혀 부끄러운 기색이 없었다. 매년 숱한 조선 사람들을 보아 왔기 때문에 낯이 익어 보통으로 생각하는 모양이었다.

뜰의 넓이는 수백 칸이나 되는데, 이따금 이상한 닭들이 지나다녔다. 꼬리와 깃을 모조리 뽑고 양쪽 겨드랑이 밑의 털까지도 뽑아, 마치 고깃덩어리가 걸어다니는 꼴이었다. 그것은 닭을 빨리 키우는 방법이요, 또 이가 생기는 것을 막기 위한 것이라 했다. 여름에는 닭에 검은 이가 생겨서 꼬리와 날개에 붙게 되면 여지없이 콧병이 생기고, 그렇게 되면 닭은 입으로는 누런 물을 흘리고 목에는 가래 같은 것이 낀다. 이런 병을 계역이라고 하는데, 이 병을 예방하려면 미리 닭의 꼬리와 깃을 뽑아 시원하게 해 주어야 한다는 것이었다. 닭의 꼬락서니가 너무 흉해서 차마 바로 보기가 싫을 지경이다.

夏
여름하
7급 10획

핵심+

박지원(朴趾源)

조선 후기의 문신이자 학자. 호는 연암(燕巖). 20대에 뛰어난 글재주를 보이다가 30대에 세상에 널리 이름이 알려지게 되었다. 박제가, 홍대용, 유득공 등과 사귀며 북학파(北學派)의 우두머리로서 실학(實學) 연구에 선구자적 역할을 했다. 정조 때 청나라에 가서 중국 북부와 남만주 일대를 돌아보며 청나라 문물과 접촉했다. 《열하일기》는 그들의 실생활을 보고 돌아와서 쓴 기행문이다. 〈양반전〉, 〈허생전〉, 〈호질〉 등 한문소설을 여러 편 썼고, 저서로는 《열하일기》, 《연암집》 등이 있다.

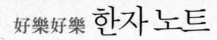

好樂好樂 **한자 노트**

머리수 | 총 9획 | 부수 首 | 5급

털(ˇˇ)이 나 있는 '머리(百)'를 본뜬 글자이다.

首都(수도) : 한 나라의 중앙 정부가 있는
　도시.
首席(수석) : 등급이나 직위에서 맨 윗자리.
魁首(괴수) : 못된 짓을 하는 무리의 우두
　머리.
首弟子(수제자) : 여러 제자 가운데 가장
　뛰어난 제자.

내가 찾은 사자성어

머리수 언덕구 처음초 마음심
首丘初心
수　구　초　심

내용 》 여우가 죽을 때 머리를 자기가 살던 굴 쪽으로 둔다는 뜻으로, 고향을 그리워하는 마음을 이르는 말.

조선시대의 역관(譯官)

역관은 나라와 나라 사이의 외교에서 통역(通譯)을 맡은 관리를 말한다. 조선시대의 역관은 주로 사역원(司譯院)을 통해 배출되었다. 역관은 다른 기술직과 마찬가지로 잡과(雜科)를 거쳐 선발되었는데, 보통 사역원의 생도로서 외국어를 배운 후 과거를 치렀다. 조선초에 설치된 사역원에서는 한학(漢學) · 몽학(蒙學) · 왜학(倭學) · 청학(淸學) 등 네 가지 외국어를 가르쳤다.

다툴쟁 | 총 8획 | 부수 爪 | 5급

서로 손(爪)과 손(彐)으로 끌어(亅) 당기며 '다툰다' 는 뜻의 글자이다.

爭論(쟁론) : 서로 다투어 토론함.
爭鬪(쟁투) : 서로 다투어 싸움.
言爭(언쟁) : 말다툼.
戰爭(전쟁) : 병력에 의한 싸움.
爭奪戰(쟁탈전) : 사물이나 권리 따위를 서로 다투어 빼앗는 싸움.

놀며 배우는 파자놀이

두 사람 사이에 반드시 있어야 하는 것은?

≫ 두(二) 사람(人) 사이에 있어야 하니, 仁(어질 인).

7월 2일

새벽에 많은 비가 내렸으나 늦게는 날이 개었다.

앞에 있는 시냇물이 많이 불어 건널 수 없게 되어 떠나지 못했다. 정사가 내원과 주 주부를 시켜 물을 보고 오라고 하기에 나도 따라 나섰다. 얼마 가지 않아서 큰 물이 앞을 가로막았다. 헤엄 잘 치는 사람을 물 속에 들여보내 그 물의 깊이를 재려 했는데, 미처 열 발자국도 가지 않아서 어깨가 물에 잠긴다.

돌아와 그런 사실을 이야기하자, 정사가 모두 불러서 물을 건너갈 방법을 말하라고 했다.

"문짝과 수레를 빌린 다음, 그것으로 뗏목을 만들어 건너는 게 어떨까요?"

부사의 말에 주 주부가 좋은 생각이라고 맞장구를 쳤다.

그러자 수역관이 말했다.

"그렇게 많은 문짝이나 수레를 구하기는 힘들 것이오. 그보다 이 근처에 집을 짓기 위해 쌓아 둔 재목이 있으니 그걸 얻을 수는 있겠는데, 그 재목들을 얽어맬 만한 칡덩굴을 구하기가 어려울 것 같습니다."

"뭐 그리 힘들게 뗏목을 맬 것 있습니까? 내게 작은 배가 두어 척 있는데……. 노도 있고 상앗대도 있지만, 단 한 가지 없는 게 있소."

材 木
재목재 나무목
5급 7획　8급 4획

내가 말했다.

"그래, 없는 게 뭐요?"

주 주부가 물었다.

"그 배를 잘 저을 사공이 없다오."

내 말에 모두들 허리를 잡고 웃었다.

우리가 묵고 있는 집 주인은 고무래를 눈앞에 두고도 정(丁)자를 모를 정도로 무식한 사람이었다. 그러나 집 안에는 읽을 만한 책들도 있고, 향로·교자·탁자·병풍 등이 모두 운치가 있어 궁색한 시골티는 나지 않았다.

交 子
사귈교 아들자
6급 6획 7급 3획

"주인장, 살림살이는 좀 넉넉하오?"

내가 물었다.

"일년 동안 부지런히 일을 해도 가난을 면하기가 어렵습니다. 만일 조선의 사신 행차가 아니면, 당장 살아가기가 힘든 형편입니다."

그가 대답했다.

"자녀는 몇 명이나 두었소?"

내가 다시 물었다.

"도둑놈 하나를 두었는데, 아직 뜻대로 되지 않았습니다."

"그게 무슨 소리요, 도둑놈 하나를 두다니?"

"도둑도 딸 다섯 둔 집에는 들지 않는다는 말이 있으니, 딸 하나도 따지고 보면 집안의 좀도둑 아닙니까?"

주인이 말했다.

오후에 밖에 나가 바람을 쐬는데, 수수밭 한가운데서 갑자기
총소리가 났다. 주인이 급히 뛰어나왔다. 수수밭에서 한 사내
가 한 손에는 총을 들고 다른 한 손으로는 돼지 뒷다리를 끌고
나왔다.

사내가 주인을 흘겨보며 화난 목소리로 말했다.

"왜 짐승을 내놓아 밭에 들어가게 만드는 거야?"

주인은 미안해서 어쩔 줄 몰라하는 기색으로 공손하게 사과
를 했다.

그 사내는 피가 뚝뚝 떨어지는 돼지를 끌고 가 버렸다.

주인은 못내 섭섭한 듯 우두커니 서서 그의 뒷모습을 지켜보
고 있었다.

"지금 저 사내가 잡아가는 돼지는 누구네 집에서 먹이던 것
인가요?"

내가 주인에게 물었다.

"우리 집에서 기르던 겁니다."

주인이 대답했다.

"그런데 왜 가만히 있는 거요? 비록 당신네 돼지가 남의 밭에
잘못 들어갔다 해도 수숫대 하나 다치지 않았는데, 제멋대로 돼

지를 잡아 죽이다니……. 마땅히 돼지를 쏘아 죽인 저 사내에게 돼지값을 물어 달라고 해야 옳지 않소?"

"돼지값을 물어 달라고 하다니요? 돼지를 잘 단속하지 못한 이쪽의 잘못이지요."

주인이 말했다.

청나라 4대 황제인 강희제는 농사를 매우 소중하게 여겨, 마소가 남의 곡식을 밟으면 갑절로 물어 주어야 하는 법을 만들고, 함부로 마소를 놓아기르는 자는 곤장 60대의 벌을 받으며, 양이나 돼지가 남의 밭에 들어가면 밭주인이 바로 그 짐승을 잡아가도 가축의 주인은 감히 자기 것이라고 주장할 수 없게 했다. 그러나 수레만은 자유로이 다닐 수 있다. 따라서 길이 수렁이 되거나 끊어지면 밭이랑 사이로 수레를 끌고 들어갈 수 있으므로, 밭주인은 항상 자기 밭 주변의 길을 잘 닦아서 수레가 밭으로 들어오는 것을 막는다고 했다.

하루해가 몹시 길어 마치 일년인 듯싶었고, 저녁때가 될수록 더위가 더욱 심해져서 견딜 수가 없었다. 그러던 차에 옆방에서 노름판을 벌이고 떠드는 소리가 들려왔다. 나는 곧 뛰어가 노름판에 끼였는데, 이상하게도 연거푸 다섯 판을 이겼다. 딴 돈으로 술을 사서 실컷 마시니, 어제의 수치를 씻을 수가 있었다.

"이만하면 내 실력도 상당하지?"

내 말에 조 주부와 변 주부가 말했다.

"요행으로 이겼을 뿐이지요."

그래서 서로 크게 웃었다.

변 주부와 내원이 다시 한 판 하자고 했으나, 나는 고개를 저으며 이렇게 말했다.

"뜻을 얻은 곳에 두 번 가지 말고, 만족을 알면 위태롭지 않으니라."

滿 足
찰만 발족
4급 14획 7급 7획

7월 3일

새벽에 큰 비가 내렸으나 아침과 낮에는 개었다. 밤이 되자 다시금 큰 비가 내려서 이튿날 새벽까지 그치지 않아, 어쩔 수 없이 또 이곳에서 묵었다.

아침에 일어나 들창을 여니, 비가 그치고 따뜻한 바람이 불어왔다. 날씨가 맑게 갠 것으로 보아 한낮에는 더울 것 같았다. 석류꽃이 많이 떨어져 땅을 붉게 물들였다. 수구화는 비에 함빡 젖고, 옥잠화의 흰 꽃은 눈보다 더 희게 빛나고 있었다.

문 밖에서 퉁소 · 피리 · 징소리가 나기에 급히 밖으로 나가 보았다. 신행 가는 행렬이었다. 울긋불긋한 그림이 그려진 초롱이 여섯 쌍, 푸른 일산과 붉은 양산이 각각 한 쌍, 퉁소와 초금이 각각 한 쌍, 날라리 두 쌍이 있고, 그 가운데 푸른 가마 한 채를 네 사내가 메고 간다. 가마는 사면에 유리를 끼워 창을 내었고, 네 모서리에는 색실을 드리워 술을 달았다. 가마 한가운데 통나무를 받친 다음 그것을 푸른 밧줄로 묶고, 그 통나무 앞뒤로 다시 짧은 막대를 가로질러 얽어매어서 그 양쪽 머리를 네 사람이 메었다. 여덟 개의 발이 딱딱 맞추어 한 줄로 가니, 흔들리거나 출렁거리지 않고 그냥 허공에 뜬 채로 간다. 묘하기 짝이 없다.

가마 뒤로는 수레 두 대가 따라가는데, 모두 검은 천으로 방처럼 둘러씌우고 나귀 한 마리가 끌고 간다. 한 수레에는 늙은 여자 둘이 타고 있었는데, 모두 얼굴도 못생기고 앞머리가 벗어져 바가지를 엎어 놓은 것처럼 번들거렸다. 그런데다가 온갖 꽃을 잔뜩 꽂았다. 두 귀에는 귀고리를 달고, 검은 윗옷에 노란 치마를 입고 있었다. 또 한 수레에는 젊은 여인 셋이 타고 있었는데, 그녀들은 치마 대신 주홍빛과 푸른빛 바지를 입고 있었다. 그 가운데 한 여자는 제법 아름다웠다. 늙은이들은 유모와 침모, 그 아가씨들은 몸종이라고 했다.

針 母
바늘침 어미모
4급 10획 8급 5획

30여 명의 말 탄 군사가 빙 둘러싼 가운데 몸집이 뚱뚱한 사내가 흰 말 위에 앉아 있다. 입가와 턱 밑에 검은 수염을 길게 늘인 채 관복을 입은 그 사내는, 금안장에 등자를 넌지시 디딘 채 연방 미소를 짓고 있었다. 그 뒤에 짐수레 세 대가 따랐는데, 옷장이 실려 있었다.

訓 長
가르칠훈 긴장
6급 10획 8급 8획

"이 마을에도 훈장이나 글 잘 하는 선비가 있겠지요?"

내가 주인에게 물었다.

"이런 두메에 무슨 그런 분들이 계시겠습니까만, 작년 가을 서울로 가던 선비 한 분이 우연히 이질에 걸려 이 마을에서 묵게 되었습니다. 마을 사람들의 각별한 정성으로 겨울이 지나고 봄이 되자 다 나았지요. 그분은 문장이 뛰어날 뿐만 아니라 만주 글도 쓸 줄 안답니다. 그런데 그 선생님이, 병을 낫게 해 준 은혜를 갚는다면서 마을에다 글방을 내고 이 시골 아이들을 모아 가르치고 있습니다. 지금도 저 관제묘에 계신답니다."

주인이 말했다.

"나를 그곳으로 좀 안내해 주시겠소?"

"저기 보이는 저 높다란 집이 바로 관제묘입니다."

주인이 손을 들어 가리켰다.

"그 선생의 성함은 뭐요?"

"이 마을에서는 그분을 모두 부 선생이라고 부릅니다."

"나이는 어떻게 되었소?"

"나리께서 직접 가서 물어 보십시오."

그리고 주인은 방 안으로 들어가서 붉은 종이 몇 장을 들고 나와서 펴 보였다.

"이게 부 선생께서 손수 쓴 글씨입니다."

그 붉은 종이에 씌어 있는 글씨는 크지도 작지도 않은데다가, 실에 구슬을 꿴 듯 책판에 글자를 박은 듯 똑같았다. 나는 그가 혹시 송나라 인종 때의 유명한 정치가인 부필의 후손이 아닌가 생각하며, 곧 시대를 불러 앞세우고 관제묘를 찾아갔다.

인기척도 없이 조용하기에, 두루 돌아다니면서 구경을 했다. 그런데 한 방에서 글 읽는 소리가 들려왔다. 잠시 후, 한 아이가 문을 열고 얼굴을 내밀었다. 그러더니 방에서 뛰어나와 우리를 돌아보지도 않고 바삐 걸음을 옮겼다.

나는 그 아이의 뒤를 따라가면서 물었다.

"너의 스승님은 어디 계시냐?"

"무슨 말씀이신가요?"

"부 선생님이 지금 어디 계시느냔 말이다."

그 아이는 들은 체도 하지 않고 저 혼자 뭐라고 중얼거리더니, 어디론가 횅하니 가 버렸다.

"아마 그 부 선생이라는 사람이 이 안에 있겠지?"

오른쪽 곁방으로 가서 문을 열어 보았으나, 빈 의자가 네댓 개 놓여 있을 뿐 아무도 보이지 않았다. 문을 닫고 몸을 돌이키려 할 때, 아까 그 아이가 한 노인을 데리고 왔다. 그가 바로 '부'라는 사람인 것 같았다. 잠시 이웃에 가 있었는데, 그 아이가 달려가 불러온 모양이었다. 그 생김새를 보니, 도무지 단아한 기색을 찾아볼 수 없었다. 아무튼 예를 차리지 않을 수 없어, 그 앞으로 가서 정중하게 허리를 굽혔다. 그러자 그 노인은 별안간 내 허리를 껴안고 몸을 번쩍 들었다가 놓았다. 그 갑작스러운 행동에 나는 몹시 놀라고 당황했다. 그는 또 내 손을 잡고 마구 흔들어 대며 얼굴 가득 웃음을 지었다. 나는 그 태도가 매우 **불쾌**했지만, 꾹 참고 물었다.

不 快
아닐불 쾌할쾌
7급 4획 4급 7획

"당신이 부 선생이십니까?"

그는 아주 기뻐하며 되물었다.

"아니, 어떻게 제 성을 아십니까?"

"오랫동안 선생의 얘기를 들을 기회가 있어서, 아주 잘 알고 있습니다."

나는 다시 한 번 노인을 추켜주고 나서 물었다.

"고향이 어디십니까?"

"만주 양람기라는 곳입니다."

그가 대답한 다음, 내게 물었다.

"댁에서는 이번에 우리나라 황제 폐하를 만나뵙겠지요?"

"만일 황제께서 만나 주신다면, 내 부 선생의 말씀을 잘 여쭈어 작은 벼슬이라도 내리게 해 보겠습니다. 어떠십니까?"

"만일 그렇게만 해 주신다면, 그 은혜를 무엇으로 갚아야 할까요?"

나는 말머리를 돌려 그를 찾아온 뜻을 밝혔다.

"물에 막혀 이곳에 머무른 지 벌써 여러 날째입니다. 긴 여름 해를 보내기 지루해서 그러는데, 볼 만한 책이 있으면 며칠 동안 빌려 주십시오."

"책이라고 할 만한 게 별로 없습니다. 다만 '명성당'이란 곳에서 펴낸 책들을 소개한 목록이 한 권 있는데, 만일 그거라도 소일삼아 보시고 싶으면 빌려 드릴 수 있습니다. 하지만 댁에서 지금 바로 돌아가서서 청심환과, 조선 부채 중에서 잘된 것을 골라 처음 만난 정표로 주신다면 참되이 사귀겠다는 뜻으로 알겠으니, 그때 목록을 빌려 드려도 늦지 않을 것입니다."

그 생김새와 말투가 어쩌나 계산적이고 좀스러운지, 더 이상 이야기할 바가 못 되는 것 같았다. 그런 늙은이와 오래 앉아 있기가 싫어 나는 곧 그곳을 떠났다. 그가 문까지 나와 인사를 하면서 내게 다시 물었다.

"조선의 명주를 살 수 있겠습니까?"

나는 대답도 하지 않고 돌아왔다.

"뭐 볼 만한 게 있던가? 책이라도 읽으면 이 더위를 좀 잊겠는데……."

정사가 묻기에 내가 말했다.

"그 늙은 훈장은 만주 사람인데, 어쩌나 비루한지 더불어 이야기를 나눌 만한 위인이 못 됩니다."

그리고 나는 그를 만나서 헤어지기까지의 이야기를 다 했다.

"그렇게 원하는데, 어찌 청심환 한 알, 부채 한 자루를 아끼겠나. 그걸 갖다 주고 도서 목록을 빌려 보는 것도 해롭진 않아."

정사가 말했다.

그래서 나는 시대를 시켜 청심환 한 알과 부채 한 자루를 그에게 보냈다. 시대는 이내 돌아왔는데, 크기가 손바닥만하고 몇 장 붙지도 않은 작은 책을 들고 왔다. 그나마 거의 **백지**였다. 그런 보잘것없는 것을 가지고 청심환과 부채를 요구하다니, 그 뻔뻔스러움이 정말 놀라웠다. 이왕 빌려 온 것이니 앉은자리에서 모조리 베낀 후 곧 시대를 시켜 돌려보냈다. 그러면서 '이런 책은 우리나라에도 다 있는 것이라서, 우리 나리께서는 보시지도 않았소'라고 말하라 일렀다.

조금 있다가 시대가 돌아와서 말했다.

"시키시는 대로 전했더니, 그 부라는 늙은이가 자못 난처한 얼굴로 수건 한 장을 주었습니다."

그 수건은 길이가 두 자 남짓했는데, 새것이었다.

白 紙
흰백 종이지
8급 5획 7급 10획

7월 5일

날은 맑게 갰으나, 물이 줄지 않아 또다시 하루를 묵었다.

저녁에 여럿이 술을 몇 잔 나눈 후 밤이 깊어 잠자리에 들었다. 내 방은 정사의 맞은편 방으로, 다만 중간에 베 휘장을 쳤을 뿐이었다. 정사는 벌써 잠이 깊이 들어 있었다. 나는 취해서 정신이 몽롱한데도 담배를 피우며 잠을 이루지 못했다. 그때 갑자기 머리맡에서 발소리가 들리는 바람에 깜짝 놀랐다.

"누구냐?"

버럭 소리를 질렀다.

"도이노음이오."

그 대답이 한층 더 수상쩍어, 나는 다시 소리쳤다.

"뭐하는 놈이냐?"

"소인 도이노음이오."

큰 소리로 이렇게 대답하는 바람에, 시대를 비롯하여 다른 하인들이 모두 놀라 일어났다.

곧이어 후닥닥거리는 소리가 어지럽게 들리다가 그치고 뺨을 때리는 소리가 났다. 덜미를 잡아 밖으로 끌고 나가는 기척도 났다. 사실 그자는 이 지방의 군졸이었다. 매일 밤 우리 일행의 숙소를 순찰하고 사신 이하 모든 사람들의 숫자를 파악하고 동태도 살피곤 했던 모양인데, 우리가 깊이 잠든 다음이라서 지금까

지 그런 사실을 몰랐던 것이다.

아무튼 그자가 자기를 가리켜 '도이노음'이라고 한 것은 그야 말로 배꼽을 잡을 노릇이었다. 우리나라 말로 오랑캐를 '되놈'이라고 하는데, '되'는 원래 '도이'의 준말이요, '노음'은 지체가 낮고 아주 천한 자를 가리키는 말이다. 그 군졸은 여러 해째 우리 사신들과 접촉하다 보니 '되놈'이란 말이 귀에 익어 그와 같이 대답했을 것이다.

接 觸
이을접 닿을촉
4급 11획 3급 20획

한바탕 실랑이를 벌이는 바람에 잠이 달아난데다가 벼룩까지 덤벼들어 사람을 마구 괴롭히기 시작했다. 정사도 같이 잠을 못 자고 촛불을 켠 채 밤을 지새웠다.

7월 6일

날이 맑게 개었다. 물이 많이 줄었으므로 길을 떠났다.

나는 정사의 가마에 함께 탔다. 하인 30여 명이 맨몸으로 가마를 메고 갔는데, 강 한가운데 물살이 센 곳에 이르자 갑자기 왼쪽으로 기울어 하마터면 떨어질 뻔했다. 나와 정사가 서로 부둥켜안는 바람에 가까스로 물에 빠지는 것을 면했다.

강언덕에 다다라 뒤따라서 강을 건너는 사람들을 보니, 그 모습이 가지각색이었다. 다른 사람의 목에 탄 사람도 있고, 좌우에서 서로 부축하며 건너는 사람도 있다. 또 나무로 떼를 엮어서 그 위에 올라타고 그것을 하인들로 하여금 어깨에 메게 한 사람도 있다. 말을 타고 건너는 사람은 모두 허리를 높이 든 채 하늘만 바라보거나 두 눈을 꼭 감기도 하고, 억지로 미소를 지어 보이기도 한다.

하인들은 안장을 끌러 어깨에 메고 오는데, 그것이 물에 젖을까 봐 여간 조심을 하지 않았다. 이미 건너왔다 다시 건너가려는 사람도 무엇인가 어깨에 지고 가기에 그 까닭을 물으니, 빈손으

로 물을 건너게 되면 몸이 가벼워 떠내려가기 쉬우므로 무거운 것으로 어깨를 누르는 것이라고 했다. 몇 차례 왕복한 사람은 모두 몸을 덜덜 떨었다. 물이 가까운 산골짜기에서 흘러왔기 때문에 몹시 차가웠던 것이다.

초하구라는 곳에서 점심을 먹고, 분수령·고가령·유가령을 넘어 연산관에서 묵었다. 이날은 60리를 갔다.

밤에 조금 취하여 잠이 들었는데, 심양에 이르러 그 성 안을 두루 구경하는 꿈을 꾸었다. 궁궐은 물론 여염집들도 매우 화려하고, 길거리는 또 여간 번화한 것이 아니었다.

如 干
같을여 방패간
4급 6획 4급 3획

"이곳이 이토록 굉장한 곳인 줄은 상상도 못했어. 어서 집에 돌아가 자랑을 해야지."

그러면서 나는 훨훨 공중을 날기 시작했다. 산이며 강이 모두 내 발꿈치 밑에 있고, 나는 마치 한 마리의 솔개처럼 날쌨다. 나는 눈 깜짝할 사이에 *야곡의 옛 집에 이르러 안방 남쪽 창 밑에 내려앉았다.

"심양은 어떻더냐?"

형님이 물으셨다.

"듣던 것보다 훨씬 나았습니다."

나는 그곳의 화려함과 번화함을 수없이 자랑했다. 그러면서 남쪽 담장 밖을 내다보았더니, 옆집의 우거진 회나무 가지 위로

• 야곡 : 서울 서북쪽 변두리 마을. 작자가 살던 곳.

큰 별 하나가 휘황찬란하게 빛나고 있었다.

"저 별을 아십니까?"

내가 형님에게 물었다.

"이름조차 모른다."

"저 별은 남극성입니다."

그런 다음, 나는 자리에서 일어나 형님께 절을 했다.

"제가 잠깐 집에 돌아온 것은 심양에 대해 자세하게 얘기해 드리기 위해서입니다. 이제 갈 길이 바빠서 그만 가 보겠습니다."

나는 안문을 나와 마루를 지나 사랑의 일각문을 열고 밖으로 나왔다. 고개를 돌려 북쪽을 바라보니, 서울 서쪽에 있는 *길마재의 여러 봉우리가 뚜렷이 보였다. 그때서야 비로소 깨닫고 큰 소리로 외쳤다.

"아, 나는 왜 이리 어리석을까! 나 혼자 어떻게 책문을 들어갈 수 있단 말인가. 여기서 책문까지는 천여 리나 되는데, 누가 나를 위해 기다리고 머물러 있겠는가."

안타깝기 짝이 없어 서둘러 문을 열고 밖으로 나가려 했으나 문조차 열리지 않았다. 큰 소리로 장복을 부르려 했으나, 소리가 잠겨 나오지 않았다. 할 수 없이 있는 힘을 다해 문을 밀다가 잠을 깼다.

星
별 성
4급 9획

• 길마재 : 서울 서대문구에 있는 산으로, 말의 안장인 길마처럼 생겼다 하여 이렇게 부른다. 낮은 산이지만 전망이 좋고, 수맥이 풍부한 약수터가 많아 등산로가 발달했다.

"연암!"

정사가 부르니, 내가 도리어 어리둥절해서 물었다.

"여기가 어딥니까?"

"아까부터 가위에 눌려 있었어."

정사가 말했다.

일어나 앉아서 이를 부딪쳐 보기도 하고 머리를 두드리기도 하며 정신을 가다듬었다. 차츰 정신이 맑아지며 꿈이 되살아났다. 한편으로는 섭섭하고 한편으로는 아주 기쁘기도 해서 한동안 마음이 어수선했다. 그로부터 자리 위에서 뒤척거리며 잠을 이루지 못하고 공상에 잠겨 있다가 날이 새는 줄도 몰랐다.

空 想
빌공 생각할상
7급 8획 4급 13획

7월 7일

맑게 개었다.

2리쯤 나아가다가 물을 만났는데, 그냥 말을 타고 건넜다. 강의 폭이 넓은 편은 아니었으나, 물살은 어제 건넜던 곳보다 훨씬 더 셌다. 무릎을 움츠리고 두 발을 안장 위에 올려놓았다. 창대는 말머리를 꽉 껴안았고, 장복은 있는 힘을 다해 내 엉덩이를 부축하며 서로 목숨을 의지했다.

강 한가운데 이르자, 말이 갑자기 왼쪽으로 쏠린다. 말의 발이 밑바닥에 닿지 않을 정도로 수심이 깊어진 것이다. 말은 저절로 떠올라 누워서 건너는 꼴이 되었다. 나도 모르게 몸이 한쪽으로 쏠려 하마터면 물에 빠질 뻔했다. 마침 말꼬리가 바로 앞에 떠 있는 것을 보고 재빨리 그것을 잡아 몸을 가눌 수 있었다. 나 스스로도 내가 그토록 재빨리 행동할 수 있을 줄은 몰랐다. 창대 또한 말다리에 채어 하마터면 큰일날 뻔했지만, 말이 얼른 몸을 바르게 가누니 물이 차츰 얕아져 발이 바닥에 닿은 것을 알 수 있었다.

마운령 넘어 천수참이라는 마을에서 점심을 먹었다.

오후가 되자 몹시 더웠다. 도중에 또 하나의 관제묘가 있었는데, 그곳이 매우 성스럽게 느껴진다며 마부와 하인들이 앞다투어 제단 앞으로 몰려가 머리를 조아렸다. 참외를 사서 바치기도 했다. 역관 중에는 향을 피워 놓고 제비를 뽑아 평생의 신수를 점쳐 보는 이도 있었다.

한 도사가 바리때를 두드리며 나타나 돈을 구걸한다. 머리를 깎지 않고 상투를 뭉쳐 튼 꼴이 마치 우리나라의 땡중 같았다. 또 한 도사는 참외와 달걀을 팔고 있었는데, 참외는 물이 많고 매우 달며, 달걀은 맛이 삼삼했다.

어두워지자 낭자산에서 짐을 풀었다. 오늘은 큰 고개를 둘이나 넘어 80리를 걸었다.

7월 9일

맑고 몹시 더운 날씨였다. 나는 새벽 서늘할 때 먼저 길을 떠났다. 장가대와 삼도파를 지나 난니보라는 곳에 이르러 점심을 먹었다.

요동 땅에 들어서면서부터 마을이 끊이지 않고, 길의 넓이가 수백 보에 이르렀다. 길 양쪽에는 수양버들을 나란히 심었다. 집이 쭉 늘어선 곳의 마주선 문과 문 사이에는 장마로 연못처럼 물이 괴어 있었는데, 그곳에 마을에서 기르는 거위와 오리가 잔뜩 떠다녔다.

마을이 가까워질 때마다 사신의 행차를 알리는 나팔을 불고, 그 뒤를 이어 여럿이 입을 모아 행차를 알리는 소리를 지른다. 그 소리를 듣고 집집마다 여인들이 문이 꽉 차도록 뛰어나와 구경을 한다.

늙었거나 젊었거나 옷차림은 모두 비슷했다. 머리에는 꽃을 꽂고 귀고리를 했으며, 엷은 화장들을 하고 있었다. 입에는 하나같이 담뱃대가 물려 있었으며, 또 손에는 신바닥에 대는 베와 그것을 꿰맬 바늘과 실을 들고 있었다. 그녀들은 서로 어깨를 비비면서 우리에게 손가락질과 함께 깔깔거리는 웃음을 보낸다.

진짜 중국 여자는 처음 보았는데, 모두 발을 작게 만들기 위해 잔뜩 동여맨 채 아주 작은 가죽신을 신었다. 생김새는 만주

村
마을촌
7급 7획

여자들보다 못한 것 같았다. 만주 여자 중에는 꽃다운 얼굴에 자태가 아름다운 사람이 많았었다.

만보교·연대하·산요포를 지나 십리하에서 묵었다. 이날은 50리를 걸었다.

姿 態
모양자 모습태
4급 9획 4급 14획

핵심⁺ 《열하일기》의 내용

《열하일기》는 1780년(정조 4년) 박지원이 청나라 고종의 칠순 잔치를 축하하러 가는 삼종형 박명원(朴明源)을 따라 황제의 피서지인 열하를 여행하고 돌아와서 쓴 중국 기행문집이다. 26권 10책으로 되어 있다. 북중국과 남만주 일대를 돌아보고 그곳의 문인ㆍ명사들과 사귀고 문물 제도를 접한 결과를 각 분야별로 나누어 기록했다. 그해 6월 24일 압록강 국경을 건너는 데서부터 시작하여 요동ㆍ성경ㆍ산해관을 거쳐 연경(북경)에 도착, 열하로 가서 8월 20일 다시 연경에 돌아오기까지 약 2개월 동안에 겪은 일을 기록한 이 작품에는, 당시 중국의 사정과 서양의 새로운 학문이 소개되어 있다.

好樂好樂 한자 노트

얻을득 │ 총 11획 │ 부수 彳 │ 4급

돈(旦)을 구하러 다니다가(彳) 손(寸)에 쥐어 '얻다' 라는 뜻이다.

得道(득도) : 오묘한 이치나 도를 깨달음.
得勢(득세) : 세력을 얻음.
得點(득점) : 시험이나 경기 따위에서 점수를 얻음. 또는 그 점수.
不得不(부득불) : 하지 아니할 수 없어. 또는 마음이 내키지 아니하나 마지못하여.

내가 찾은 사자성어

한일 들거 두량 얻을득
一 擧 兩 得
일 거 양 득

내용 》 한 가지 일을 하여 두 가지 이익을 얻음.

관우(關羽)와 관제묘(關帝廟)

관우는 중국 삼국시대 촉(蜀)나라의 무장(武將)이다. 유비·장비와 의형제를 맺고 평생 그 의리를 저버리지 않았다. 소설 《삼국지연의》에서 충신의 본보기로 등장한다. 무묘(武廟)라고도 하는 관제묘는 관우의 혼을 모신 사당이다. 중국 민중들은 송나라 때 이후로 관제묘를 세워 그를 무신(武神) 또는 재신(財神)으로 모시며 신앙의 대상으로 삼았다.

따뜻할온 | 총 13획 | 부수 水 | 6급

물 수(水)자와 온화할 온(昷)자를 합친 글자로 '따뜻한 물'이라는 뜻이다.

溫帶(온대) : 열대와 한대 사이의 지역. 연평균 기온이 0도에서 20도 사이의 지역.
溫度(온도) : 따뜻함과 차가움의 정도. 또는 그것을 나타내는 수치.
溫室(온실) : 난방 장치를 한 방. 햇빛·온도·습도 따위를 조절하여 각종 식물을 재배한다.

내가 찾은 속담

초저녁 구들이 따뜻해야 새벽 구들이 따뜻하다

≫ 먼저 된 일이 잘되어야 그에 따른 일도 잘됨을 비유적으로 이르는 말.

십리하에서 소흑산까지(성경잡지)

7월 10일

아침에는 비가 내리더니 이내 날씨가 개었다.

일찍 십리하를 출발하여 40리쯤 가자, 백탑보라는 곳에 이르렀다. 거기서 점심을 먹은 후, 다시 20리를 가니 심양이었다. 그곳에서 짐을 풀었다. 날씨가 몹시 더웠다. 멀리 요양성 너머는 숲이 무성했다. 그 가운데 까마귀 무리가 날고 있는 모습이 보였다. 아침 짓는 연기 속에 빛나는 해가 떠오르고 있었다. 어디를 둘러보아도 드넓은 벌판에 거칠 것이 없었다.

'여기가 바로 그 옛날 영웅들이 수많은 싸움을 벌였던 곳이겠지!'

우리가 심양에 도착했을 때, 마침 벽돌을 실은 수천 대의 몽고 수레가 들이닥쳤다. 세 마리의 소가 끄는 수레였다. 소들은 대개 그 털빛이 희었으나, 개중에는 푸른 것도 끼여 있었다. 무더위에 힘에 겨운 짐을 나르느라 지쳐 코피를 흘리는 것들이 많았다.

몽고 사람들은 코가 큰데다가 눈이 움푹 들어가, 인상이 매우 험상궂어 보였다. 그런데다가 몸놀림이 날쌔고 사납기까지 하니, 사람 같은 생각이 안 들었다. 옷과 벙거지는 낡아서 찢어지고, 얼굴에서는 땟국이 뚝뚝 흘렀다. 무슨 멋인지 더운 여름철임에도 불구하고 모두 버선을 신고 있었다. 그런데 그들은 그들대로, 우리 하인배들이 바지를 무릎까지 걷어올린 채 정강이를 내놓고 다니는 것을 이상하다는 듯 바라보았다.

우리 마부들은 매년 보아 와서 몽고 사람들의 성격에 대해 잘 아는지, 지나치면서 서로 놀리기도 하고 그들이 쓰고 있는 벙거지를 채찍 끝으로 쳐서 떨어뜨리는 장난을 하기도 했다. 길에 떨어진 벙거지를 공처럼 발로 차는 자도 있었다. 몽고 사람들은 그래도 화를 내지 않았다. 아니, 도리어 미소를 지으며 돌려달라고 사정을 하곤 했다.

하인 하나가 살금살금 몽고 사람 뒤로 다가가서 벙거지를 벗겨들고 밭 가운데로 달아났다. 몽고 사람이 뒤따라가자, 하인이 별안간 돌아서서 그 몽고 사람의 허리를 끌어안고 다리를 걸어 넘어뜨렸다. 그런 다음, 가슴에 올라탄 채 그 입에 마른풀 같은 것을 쑤셔넣었다. 되놈들도 수레를 멈추고 재미있다는 듯 그 광경을 지켜보며 낄낄거렸다. 밑에 깔렸던 몽고 사람도 덩달아 웃으면서 몸을 일으켰다. 그리고 입을 씻은 다음, 벙거지에 묻은 흙을 털어 다시 머리에 쓰고 자기가 끌던 수레 쪽으로 갔다.

길에서 만난 어떤 수레 안에는 남자들이 일곱 명이나 타고 있었는데, 그들은 하나같이 붉은 옷을 입고 있었다. 그리고 쇠사

性 格
성품성 격식격
5급 8획 5급 10획

슬로 어깨와 등을 친친 감아 목덜미에다 채우고, 쇠사슬의 한 끝은 손을, 다른 한 끝은 다리를 묶었다. 그들은 도둑질을 하다 붙잡힌 자들로, 사형 선고를 받았지만 감형이 되어 흑룡강 국경 지대로 징역을 살러 간다는 것이었다. 모두 눈매가 사나워 보였지만, 서로 웃고 떠들며 전혀 괴로워하는 기색이 보이지 않았다.

우리가 짐을 푼 집의 주인 앞을 지나가려다가 나는 깜짝 놀라 발을 멈추었다. 그의 턱수염 밑에서 갑자기 개 짖는 소리가 들려왔던 것이다. 집주인은 웃으며 자기 옆에 앉으라고 말했다. 수염이 하얀 노인 앞에는 그 아내인 듯한 할멈이 앉아 있었다. 할멈은 머리에 접시꽃을 꽂고 복숭아꽃 무늬가 있는 푸른 치마를 입고 있었는데, 그 할멈의 가슴에서도 개 짖는 소리가 났다. 주인이 품속에서 토끼만하고 눈처럼 흰 털을 가진 강아지 한 마리를 끄집어냈다. 뒤이어 할멈도 앞섶을 헤쳐 강아지 한 마리를 꺼냈다. 주인 영감의 것과 똑같이 생긴 놈이었다.

"그렇게 이상한 눈으로 보지 마세요, 손님. 영감과 마누라 둘이서 허구한 날 하는 일 없이 집 안에만 틀어박혀 있으려니까 심심해서 참을 수가 있어야죠. 이놈들과 친구를 하며 보내니, 하루해가 지루하지 않아서 좋아요."

할멈이 웃으면서 말했다.

"자손이 없으신 모양이죠?"

減 刑
덜감 형벌형
4급 12획 4급 6획

내가 물었다.

이번에는 주인 영감이 대답했다.

"왜요, 아들 셋에 손자 하나를 두었지요. 맏아들은 서른한 살인데, 성경을 지키는 장군 밑에서 장교로 일하고, 열아홉, 열여섯 살 된 둘째와 막내는 둘 다 서당에 가서 공부를 하고 있답니다. 그리고 아홉 살짜리 손자 녀석은 매미를 잡는다고 나가면 해가 지도록 코빼기도 보기가 힘든답니다."

바로 그때 손자로 보이는 사내아이가 뛰어들어와 주인 영감의 목을 끌어안으며 졸랐다.

"할아버지, 나도 이런 것 사 줘!"

소년의 손에는 나팔이 들려 있었다.

주인 영감은 사랑이 가득한 눈빛으로 소년을 바라보며 타일렀다.

"애들은 그런 걸 갖는 게 아냐."

그러나 손자는 포기하지 않고 계속 나팔을 사 달라고 졸랐다. 우리 군졸 하나가 나타나 눈을 흘기며 소년의 손에서 나팔을 빼앗더니, 큰 소리로 야단을 쳤다.

"죄송하게 됐습니다. 아마 이 녀석이 그게 장난감인 줄 안 모양입니다. 부디 용서하시오."

주인 영감이 군졸에게 사과를 했다.

將 校
장수장 학교교
4급 11획 8급 10획

"어디가 부서진 것도 아닌데, 뭘 그러나?"

나도 군졸에게 말하고 돌려보낸 후, 노인에게 물었다.

"그 강아지들은 어디서 난 겁니까?"

"운남 땅에서 가져왔습니다. 둘 다 그곳 태생이죠."

그러면서 주인 영감은 자기가 안고 있던 강아지더러 내게 인사를 하라고 시켰다. 그랬더니 그놈은 앞발을 번쩍 치켜든 채 머리가 땅에 닿도록 절을 했다. 정말 훈련이 잘된 것 같았다. 하인이 와서 **식사**를 하라고 부르는 바람에 자리에서 일어서니, 주인 영감이 말했다.

食 事
먹을식 일사
7급 9획　7급 8획

"이놈을 귀엽게 보시는 것 같아 드리는 말씀인데, 일을 마치고 조선으로 돌아가실 때 들러서 이놈을 데려가시죠. 기꺼이 드리겠습니다."

나는 손을 저어 사양을 했다.

"고마운 말씀이지만, 이 귀한 것을 제가 어찌 받겠습니까?"

7월 11일

날씨는 맑았지만, 몹시 더운 날이었다. 심양에서 묵었다.

아침에 성 안에서 갑자기 총소리가 나는 바람에 깜짝 놀랐다. 마치 벼락이라도 치는 것 같은 소리였다. 이곳의 상점들은 아침에 문을 열 때 딱총을 터뜨리는 풍습이 있는데, 그것이 바로 그 소리라는 것이었다.

온종일 거리 구경을 하고 돌아다녔다. 저녁에는 달빛이 매우 밝았다.

7월 13일

날씨는 맑았지만 심하게 바람이 불었다.

새벽에 고가자를 떠나 35리를 가서 소황기보라는 곳에 이르렀다. 거기서 점심을 먹은 후에 다시 47리를 가니, 백기보라는 곳이 나왔다. 모두 합해 82리를 나아가 백기보에서 묵었다.

새벽에 일어나면서부터 피곤한 느낌이 들었다. 새벽하늘엔 달 대신 별들이 빛을 내고, 지나는 마을마다 닭 우는 소리가 들렸다. 걷다 보니 안개가 자욱하게 끼었다. 우리나라 의주에서 온 장사꾼들이 서로 이야기를 주고받으며 지나갔다. 그런데 그 소리가 마치 꿈속에서처럼 멀리 들렸다.

얼마 후, 동쪽 하늘이 훤해지면서 길가의 버드나무에서 매미들이 합창을 시작했다.

"이놈들아, 그렇게 기를 쓰고 울지 않아도 오늘 낮에 무척 더울 거라는 건 잘 안다."

이렇게 혼잣말을 하며 동쪽 하늘을 바라보았다. 옥수수밭 저 멀리 벌건 불덩이 같은 해가 떠오를 듯 말 듯 천천히 온 요동벌을 가득 채운다.

해가 뜨자 온 천지를 뒤엎을 듯 거센 바람이 몰아쳤다. 오후가 되면서 바람은 그쳤지만, 대신 날씨가 찌는 듯이 더워졌다.

앞서 간 일행을 뒤쫓느라 부지런히 말에 채찍질을 하고 있는데, 길가 참외밭에서 갑자기 웬 노파가 뛰어나와 내 말 앞을 가로막았다.

"나리, 내 말 좀 들어 보십시오. 이 늙은 게 혼자 참외를 팔아 그날그날 살아가고 있는 형편인데, 아까 조선 사람들이 지나가다가 잠시 여기서 쉬면서 참외를 먹고 돈을 주지 않고 달아났습니다. 물론 처음엔 돈을 내고 사 먹었지만, 떠날 때가 되자 참외 하나씩을 들고 그냥 달아났습니다."

노파의 이야기를 듣고 내가 물었다.

"왜 그 우두머리 되는 어른께 말씀드리지 않았소?"

"물론 말씀을 드렸지요. 하지만 그 어른은 제 얘기를 못 알아들으시는지, 아무 말도 하지 않았습니다. 그러니 어쩌겠습니까? 맨 뒤에 가는 사람을 붙들고 돈을 내라고 할 수밖에요. 그런데 글쎄, 그 사람은 들고 있던 참외로 제 얼굴을 후려갈기는 것이었어요. 순간, 눈에서 불이 번쩍 했죠. 그때 참외가 깨지면서 젖은 옷이 아직 마르지 않았어요."

노파는 눈물까지 흘리며 말했다.

形 便
모양형 편할편
6급 7획 7급 9획

뭐라고 해야 할지 몰라 잠자코 있는데, 노파가 청심환을 달라고 말했다. 내가 없다고 하자, 노파는 이번엔 창대의 허리를 붙들고 그러면 참외라도 팔아 달라고 졸랐다. 마침 목도 마르고 해서 노파가 파는 참외 한 개를 벗겨 먹었다. 향기도 좋고 아주 달았다. 나는 참외 네 개를 사 가지고 가서 밤에 먹자고 한 다음, 장복이와 창대에게도 각각 두 개씩 먹였다. 그러면 모두 아홉 개를 사는 셈인데, 장복이 참외값으로 50문을 주자 노파는 화를 내면서 80문을 내라고 억지를 썼다. 할 수 없이 창대와 둘이서 주머니를 뒤져 보니, 모두 71문이 되었다. 나는 먼저 말 위에 오르면서 장복에게 그 돈을 노파에게 주라고 했다. 장복이 주머니를 뒤집어 보이며 71문밖에 없다고 하자, 노파는 비로소 돈을 받았다. 처음부터 눈물을 짜면서 딱한 사정을 호소한 다음, 참외값을 바가지 씌울 생각을 한 것이 분명했다.

참외 아홉 개 값으로 터무니없는 돈을 받아 내려고 수작을 부린 노파의 태도는 참으로 가증스러웠다. 하지만 그보다 노파에게 경우에 없는 짓을 한 우리 하인배들의 소행이 더욱 한심스러웠다.

우리는 날이 저문 후에야 일행이 짐을 푼 숙소에 다다랐다. 나는 노파에게서 사 온 참외를 내놓으며 식사 후에 입가심이나 하라고 했다. 그런 다음, 노파에게서 들은 대로 우리 하인들이 한

夜
밤 야
6급 8획

짓을 이야기했다. 그 말이 끝나기가 무섭게 마두들이 입을 모아 말했다.

"천만에요! 그런 일 없었습니다. 그 참외 파는 노파는 본시 교활하기 짝이 없는 위인입니다. 나리께서 홀로 떨어져 오시는 것을 보고, 청심환이나 얻어 볼까 하여 거짓말을 꾸며 댄 것입니다."

그제야 비로소 그 노파에게 속은 것을 깨닫고 분해서 탄식했다.

"어쩌면 그리도 천연덕스럽게 거짓말을 할 수 있을까!"

그 노파는 분명 만주 여자는 아닐 것이라고 시대가 말했다. 만주 여자는 그 정도로 못된 짓은 하지 않는다는 것이었다.

7월 14일

날씨는 맑게 개었다.

오늘은 말복이다. 한낮의 더위를 피하려고 새벽에 서둘러 백기보를 출발했다. 50리쯤 가니 이도정이라는 곳이 나왔다. 거기서 점심을 먹고 다시 길을 떠나 소흑산까지 갔는데, 거기까지도 또한 50리 길이었다. 소흑산에서 묵었다.

일판문과 이도정은 비가 조금만 와도 온통 진흙탕으로 변한다고 한다. 특히 얼음이 풀리는 봄에는, 자칫 잘못하여 그 진흙

탕에 빠졌다 하면 사람이나 말이나 눈 깜짝할 사이에 보이지 않 게 되어 바로 앞에 사람들이 있어도 구하기 힘들다고 한다. 지난 해 봄 장사꾼 20여 명이 일판문에서 실제로 그런 일을 당한 적 이 있는데, 그때 우리나라 사람도 둘이나 끼여 있었다고 한다.

소흑산도 집들이 즐비하고 상점들도 많아서, 그 번화함에서 다른 곳에 뒤지지 않을 듯했다. 말·노새·소·양 등 수천 마리 가 들판 한가운데 무리를 지어 있으니, 역시 큰 고장이라 할 수 밖에 없겠다.

亦 是
또역 이시
3급 6획 4급 9획

이곳에 오면 하인들은 언제나 돼지를 잡아 삶아 먹으면서 서 로의 힘든 여정을 위로한다고 하기에, 장복과 창대에게도 밤에 그 모임에 가 보라고 일렀다.

밤이 되면서 더위가 한풀 꺾였다. 달빛이 마치 대낮처럼 밝았 다. 저녁을 먹은 후에 밖으로 나가, 아득하게 펼쳐진 들판을 바 라보았다. 땅에는 푸른 연기가 깔리기 시작하고, 소와 양은 뿔 뿔이 흩어져 제 집으로 돌아가고 있었다.

핵심+ 《열하일기》의 문학사적 의의

《열하일기》에서는 중국의 역사·지리·풍속에서부터 정치·경제·종교·문학·예술에 이르기까지 거의 모든 분야에 걸쳐 방대한 영역을 다루었다. 그때까지의 연행록(燕行錄)과는 다른 경지를 연 이 작품은 연암문학에서 첫째 자리를 차지하고 있을 뿐 아니라, 조선 후기의 문학과 사상을 대표하는 걸작이라 할 수 있다. 풍자적인 기법과 수필체의 문장은 문인으로서의 재질과 능력을 잘 나타내는 특징이라고 할 수 있다. 특히 이 책에 실린 〈호질〉, 〈허생전〉은 박지원의 소설 중에서도 대표작으로 꼽는다.

好樂好樂 한자 노트

물을문 | 총 11획 | 부수 口 | 7급

문(門)에 들어서면서부터 안부를 말(口)하니, '묻다' 라는 뜻이다.

問答(문답) : 물음과 대답. 또는 서로 묻고 대답함.
問安(문안) : 웃어른께 안부를 여쭘.
下問(하문) : 윗사람이 아랫사람에게 물음.
弔問客(조문객) : 남의 죽음에 대하여 슬퍼하는 뜻을 드러내어 상주를 위문하러 온 사람.

내가 찾은 사자성어

아닐불 물을문 옳을가 알지

不 問 可 知
불 문 가 지

내용 » 묻지 않아도 알 수 있음.

조선시대 중국 사신의 종류

조선시대 중국에 가는 사신에는 해마다 정기적으로 보내는 삼절사(三節使), 즉 성절사(聖節使) · 정조사(正朝使) · 동지사(冬至使), 그리고 왕위가 바뀌거나 큰일이 있을 때 허락을 받기 위해 그때그때 보내는 특별 사신이 있었다. 삼절사 중 성절사는 황제와 황후의 생일을 축하하기 위해 보내던 사신이고, 정조사는 신년 축하, 동지사는 동지 전이나 후에 보내는 사신이었다. 《열하일기》를 쓴 박지원이 따라간 사신 행차는 바로 성절사로, 청나라 고종의 칠순을 축하하기 위해 갔던 것이다.

일사 | 총 8획 | 부수 亅 | 7급

깃발을 들고 일터로 나가는 모양을 본떠 '일하다'의 뜻이 된 글자이다.

事物(사물) : 일과 물건을 아울러 이르는 말.
事後(사후) : 일이 끝난 뒤. 일을 끝낸 뒤.
工事(공사) : 토목이나 건축 따위의 일.
行事(행사) : 어떠한 일을 거행함.
大小事(대소사) : 큰 일과 작은 일을 아울러
　　　이르는 말.

내가 찾은 속담

일이 되면 입도 되다

≫ 일이 많으면 그만큼 먹을 것도 많이 생긴다는 말.

7월 15일

날이 개었다.

내원과 변 군, 조 주부 등과 함께 새벽에 소흑산을 떠나 중안 포까지 30리를 가서 점심을 먹었다. 그리고 일행보다 먼저 출발 하여 구광녕을 지나서 북진묘를 구경했다. 북진묘를 구경하느 라고 20리를 왕복했으니, 이날은 모두 90리를 걸은 셈이다.

往復
갈왕 돌아올복
4급 8획 4급 12획

북진묘는 의무려산 밑에 있다. 뒤로는 수많은 산봉우리가 병 풍을 친 듯 둘러 있고, 앞으로는 큰 벌판이 틔어 있으며, 오른쪽 으로는 푸른 바닷물이 굽이치고, 광녕성을 무릎 아래로 어루만 지는 듯하다. 집집마다 피어오르는 연기는 마치 하늘에 푸른 띠 를 두른 듯한데, 그 속에 우뚝한 탑이 유난히 하얗게 보인다.

그 지형을 살펴보면, 평평한 벌판이 차츰 여러 길 되는 둥근 언덕을 이루고 있다. 아래를 보아도 위를 보아도 천지는 넓고도 넓어 거리낌이 없는데, 해와 달이 뜨고 지는 것과, 바람과 구름 의 변화가 모두 그 가운데 있다. 동쪽을 바라보면 오나라와 제나 라 두 땅이 손에 닿을 듯이 가까워 보인다. 사람의 시력이 그 이상 미치지 못하는 것이 한스러울 뿐이다.

북진묘를 구경하고 나서, 밝은 달빛 속을 40리나 걸어가 신광녕에서 묵었다.

우리나라 선비들이 *연경에서 돌아온 이를 처음 만날 때면 반드시 이렇게 묻는다.

"자네, 이번 여행에서 가장 볼만한 것이 뭐였나? 어디 추려서 얘기나 해 보게."

그러면 연경에 다녀온 사람들은 제각기 본 바에 따라 입에서 나오는 대로 대답한다.

"요동 천 리의 그 넓은 벌판이 볼만하지."

"길가에 죽 늘어선 가게들이 볼만하지."

"계문의 안개 낀 숲이 볼만하지."

"노구교가 볼만하지."

"산해관이 볼만하지."

"각산사가 볼만하지."

"서산의 누대가 볼만하지."

"동악묘가 볼만하지."

"북진묘가 볼만하지."

이처럼 요란스러우니, 그 볼만하다는 것의 수를 손으로 꼽을 수가 없을 것이다.

그러나 가장 학식이 높은 선비라면 섭섭한 표정으로 얼굴빛을 바꾸면서 말할 것이다.

學 識
배울학 알식
8급 16획 5급 19획

• 연경(燕京) : 중국 북경의 옛 이름. 청나라의 수도.

"도무지 볼만한 것이 없더군."

"어째서 볼만한 것이 없다는 건가?"

그렇게 물으면, 그는 다음과 같이 대답할 것이다.

"황제가 머리를 깎고, 정승·대신을 비롯한 모든 벼슬아치들이 머리를 깎았으며, 선비에서 보통 백성에 이르기까지 모두 머리를 깎았다네. 비록 그 공덕이 은나라나 주나라와 다름이 없고, 부강하기가 진나라나 한나라를 넘어선다 해도, 땅 위에 백성이 생겨난 이후 아직껏 머리 깎은 황제는 없었지. 일단 머리를 깎으면 곧 오랑캐요, 오랑캐면 곧 개나 양 따위이니, 우리가 그들 개나 양 따위에게서 볼만한 것이 무엇이 있겠나."

이것은 곧 사람으로서 마땅히 지켜야 할 으뜸가는 바른 도리라 할 것이니, 말하는 이도 가라앉은 목소리로 무게를 잡을 것이며 주위에서 듣는 이들은 숙연해질 것이다.

그리고 선비 중에서 학식이 중간쯤 되는 이는 다음과 같이 말할 것이다.

"그들의 성곽은 만리장성의 찌꺼기요, 건물은 아방궁의 유산이다. 선비나 일반 백성들은 위나라·진나라의 천박한 화려함을 숭상하고, 풍속은 수나라 양제 때나 당나라 현종 때의 사치함을 좇으려 하지. 중국이란 나라는 더러워지고 산천이 피비린내 나는 고장으로 변하여, 성인들의 자취는 사라지고 말투조차 야

만족의 것을 따르게 되었으니, 무슨 볼만한 것이 있으리요! 10만의 군사를 얻을 수 있다면, 당장이라도 국경을 넘어 중원을 쓸어 버릴 것이니, 그 이후라야 비로소 볼만한 것을 논할 수 있을 것일세."

이것은 《춘추》를 제대로 읽은 이의 말이다. 《춘추》는 중국을 높이고 오랑캐를 낮추어 보는 마음으로 쓴 책이다.

우리나라는 명나라를 2백 년 동안 섬기며 충성하기를 한결같이 했다. 비록 속국이라고 했지만, 실제로는 한 나라나 다름이 없었던 것이다. 그런데 하늘이 무너지고 땅이 꺼지는 슬픔을 당하고(명나라의 멸망을 가리킨다.), 온 백성이 머리를 깎아서 모두 오랑캐가 되고 말았다. 대륙의 한쪽 구석에 있던 우리나라는 다행히 이런 수치를 면할 수 있었지만, 중국을 위해 원수를 갚고 치욕을 씻으려는 마음이야 어찌 하루라도 잊을 수 있겠는가.

大 陸
큰대 뭍륙
8급 3획 5급 11획

그러나 지금 청나라에는 성곽과 궁궐과 백성 등이 예전 그대로 남아 있으며, 훌륭한 가문과 학문도 사라지지 않았으며, 하나라 · 은나라 · 주나라 이후의 성스럽고 지혜로운 임금과 한나라 · 당나라 · 송나라 · 명나라의 좋은 법률과 아름다운 제도가 변함없이 그대로 남아 있다. 저들은 오랑캐일망정 중국 문물의 훌륭함을 잘 알고 있어서, 곧장 이를 빼앗아 차지했다. 그래서 이제는 중국의 문물이 마치 그들 만주족이 본래부터 지녔던 것처럼 되기에 이른 것이다.

　천하를 위하는 것은, 진실로 백성에게 이롭고 나라에 도움이 될 수 있다면, 비록 그 법이 오랑캐에게서 나온 것일지라도 취하여 본받아야 한다. 공자가 《춘추》를 지을 때 '중화를 높이고 오랑캐를 물리친다' 고 한 것은, 오랑캐가 중국을 어지럽혔던 것을 분하게 여겨 본받을 만한 좋은 점마저 물리친다는 말은 아닐 것이다. 따라서 우리나라의 선비들이 진실로 오랑캐를 물리치려면, 그들이 중국에 영향을 미친 부분을 모조리 배워서, 먼저 우리나라의 어리석고 융통성 없는 풍속부터 개혁시켜야 한다. 밭을 가는 법이나 누에를 치는 법, 그릇을 굽는 법이나 풀무를 부는 법에서부터 공업을 장려하고 상업을 풍성하게 하는 것까지 모두 배워야 한다.

　그들이 열을 하면 우리는 백을 해야 한다. 먼저 우리 백성들을 잘 살게 해야 한다. 그래서 우리 백성들로 하여금 몽둥이를 만들게 하여, 저들의 굳은 갑옷과 날카로운 무기를 충분히 매질할 수 있도록 해야 한다. 그런 다음에라야 '중국은 오랑캐의 땅이 되어 볼만한 것이 없어' 라고 말할 수 있는 것이다.

　이제 선비 중에서 학식이 보잘것없는 내가 말한다.

　"기와 조각에도 볼만한 것이 있다."

　또 이렇게 말할 수도 있다.

改 고칠개 革 가죽혁
5급 7획 4급 9획

"똥무더기에도 볼만한 것이 있다."

무릇 깨진 기와 조각은 천하에 쓸모없는 버리는 물건이다. 하지만 그들은 담을 쌓다가 그 높이가 어깨 위로 오면, 깨진 기와를 둘씩둘씩 포개어 물결무늬를 만들거나, 넷을 모아서 둥근 고리를 만들거나, 또는 넷을 등지워서 옛 엽전모양을 만든다. 그 구멍난 곳이 영롱하고 안팎이 서로 어리며 좋은 무늬가 이루어지니, 이는 곧 깨진 기와 조각을 버리지 않고 잘 사용해 천하를 아름다운 무늬로 장식했다고 할 수 있는 것이다.

그리고 집이 가난하여 뜰 안에 벽돌을 깔지 못하면, 여러 빛깔의 유리, 기와 조각, 시냇가의 반질반질한 조약돌을 주워다 꽃이나 나무, 새, 짐승의 모양을 만들어 벽돌 대신 깐다. 그러면 비가 와도 뜰이 질퍽한 수렁으로 변하는 것을 막을 수 있다. 이는 곧 부서진 돌조각을 버리지 않고 잘 사용해 천하를 아름다운 그림으로 장식했다고 할 수 있는 것이다.

똥은 지극히 더러운 것이다. 하지만 그들은 그것을 밭에 뿌리기 위해 마치 금처럼 아낀다. 길에 내버린 똥무더기가 없고, 말똥을 줍는 자는 삼태기를 들고 말의 꽁무니를 따라다닌다. 그리고 이를 주워 쌓는 데 있어서도 네모나 여덟모, 여섯모, 혹은 누각이나 *돈대의 모양으로 만든다. 이렇게 쌓여진 똥무더기를 보면 천하의 모든 제도가 이미 서 있음을 짐작할 수 있는 것이다.

7월 16일

맑은 날씨였다.

아직 시원한 새벽에 정 진사, 변 주부 등과 함께 일행보다 앞서 길을 떠났다.

점심때 여양에 도착했다. 마침 장날이라 갖가지 물건이 모여들어 있었고, 수레와 말이 거리에 차고 넘쳤다. 여러 종류의 새가 든 새장을 가지고 나온 사람이 있기에 새 이름을 물어 보았

到着
이를도 붙을착
5급 8획 5급 12획

• 돈대(墩臺) : 평지보다 조금 높은 편평한 땅.

다. 그러나 매화조·요봉·오동조·화미조 등 들어도 그 이름을 기억하기 어려운 것들이었다. 새장수는 여섯 대의 수레를 가지고 있었는데, 그중에는 우는 벌레를 실은 수레도 두 대나 되었다. 새가 지저귀는 소리와 벌레의 울음소리를 듣다 보니, 그곳이 마치 깊은 산속처럼 느껴졌다.

국화차 한 잔에 호떡 두 개를 사 먹은 후, 역관 조명회와 한 술집으로 들어갔다. 그 술집에서는 마침 소주를 내리고 있었다. 그래서 다른 집으로 발길을 돌리려 하니, 그 주인 남자가 화를 벌컥 내며 조 역관에게 덤벼들어 그 가슴을 머리로 들이받았다. 그래서 우리는 할 수 없이 그 집에서 돼지고기 볶음과 계란부침 각각 한 접시에 술 두 사발을 먹고 나왔다.

7월 18일

맑게 갠 날씨였다.

이날은 배를 타고 소릉하를 건넜다. 도중에 몇천 바리의 쌀을 싣고 지나가는 수레의 행렬과 마주쳤다. 해주에서 금주로 실어 오는 쌀이라고 한다. 그 수레들이 일으키는 먼지로 하늘이 안 보일 정도였다.

거센 바람이 불기 시작했다. 나는 먼저 말을 달려 사관으로 향했다. 사관에서 한숨 자고 났을 때, 비로소 정사가 도착했다.

"수백 마리나 되는 낙타가 철물을 싣고 금주를 향해 가는 것을 보았네."

정사가 말했다.

그 동안 두 번이나 낙타를 볼 기회가 있었는데, 이상하게 모두 놓쳐 버렸다. 강가로 나가 보았다. 담벼락이 무너져 네 벽만 남은 집터들이 많이 보였다. 원래 그곳에는 민가가 몇백 호 있었는데, 지난해 몽고의 침략 때문에 다들 다른 곳으로 옮겨 갔다는 것이다.

80리를 가서 고교보에 이르렀다. 하룻밤을 묵기로 했다. 고교보는 작년에 우리 사신 일행이 은을 도둑맞은 곳이었다. 그 일로 인해 이곳을 다스리던 벼슬아치는 쫓겨나고, 몇몇 사람은 억울한 죽음을 당했다고 한다.

"여기 사람들은 조선 사람들을 마치 원수처럼 여겨, 모두 문을 닫아걸고 상대를 하려 하지 않는답니다. '조선 사람들은 자기네가 신세를 진 사관의 주인을 죽게 만들었어. 아무러면 돈 천냥이 4, 5명의 목숨보다 더 귀하겠나. 물론 우리 중에도 못된 짓을 하는 자가 있어. 하지만 조선 사람들 중에는 단 한 명의 좀도둑도 없다고 자신 있게 말할 수 있느냔 말이야' 라고 그들은 조선 사람을 욕합니다."

우리 숙소의 청지기가 말했다.

온 세상이 들썩거릴 정도로 심한 바람이 밤새도록 불었다.

7월 20일

아침에는 날씨가 맑았는데, 저녁에는 비가 내렸다.

오후가 되자 비라도 쏟아질 것처럼 몹시 무더웠다. 30리를 가서 점심을 먹고 곧바로 길을 떠났다. 그러자 비가 오기 시작했는데, 이내 억수같이 쏟아졌다. 다시 30리를 가서 동관역에서 묵었다.

동관역에는 청돈대라는 곳이 있었는데, 거기서 해돋이를 구경할 수 있다고 했다. 새벽녘에 부사와 서장관이 내게 하인을 보내어, 우리끼리 먼저 떠나 청돈대에서 해돋이를 보자고 했다. 하지만 나는 푹 자야겠다고 일러 보낸 다음, 다시 잠이 들었다. 그래서 다른 날보다 출발이 다소 늦어졌다.

운수가 좋아야 해돋이도 보는 것 같았다. 우리나라에서도 해돋이를 보러 여러 곳을 다녔지만, 한 번도 소원을 이루지 못했다.

언젠가 동해에 갔을 때도 마찬가지였다. 총석정, 옹천, 석문 등지의 해돋이를 구경하려고 했지만, 역시 허사로 끝났다. 어느 날은 너무 늦게 나가는 바람에 해가 이미 바다를 떠난 다음이었고, 또 어느 날은 뜬눈으로 밤을 새우고 새벽같이 나갔지만, 이

番에는 구름과 안개가 妨害를 했다.

　해돋이 구경을 하는 데는 해가 뜰 때 하늘에 구름 한 점 없는 것이 가장 좋을 것 같지만, 실은 그렇지도 않다. 그럴 경우 그저 바닷속에서 빨간 구리 쟁반 하나가 나오는 듯하여 아무 맛이 없다. 해가 돋을 때의 광경은 그야말로 변화가 무궁하다. 따라서 사람마다 그 보는 바가 같지 않고, 또 꼭 바다에서만 구경할 일도 아니다.

　요동을 지나오면서 아침마다 해돋이를 구경할 수 있었는데, 구름 한 점 없이 하늘이 맑게 개어 있으면 해가 별로 크게 보이지 않는다. 아무튼 열흘이면 열흘, 해돋는 광경이 각기 달랐다. 부사와 서장관은 오늘도 구름 때문에 해돋이를 보지 못했다고 했다.

　더위를 먹었는지 가슴이 답답하고 뱃속이 그득했다. 잠자리에 들기 전 마늘을 갈아 소주에 타서 마셨다. 비로소 가슴과 배가 편해져서 제대로 잤다. 오후부터 내린 비가 밤새 그치지 않았다.

7월 22일

날씨는 개었다.

동관역을 출발하여, 66리를 가서 전둔위에서 묵었다. 점심을 먹기 전에 배로 중후소하를 건넜다.

옛날에 지은 성이 세월이 흐르면서 무너져 수축을 하고 있었는데, 상점과 보통 백성들이 사는 집이 심양 못지않게 화려했다. 관제묘도 요동에 있는 것보다 장려하고, 또 매우 영험이 있다고들 했다. 모두들 사당에 돈을 조금씩 놓고 머리를 조아리며 제비를 뽑아 점을 쳤다. 창대는 참외 한 개를 사서 바치고는 쉬지 않고 절을 하며 오랫동안 뭔가를 빌었다. 그런데 절을 마치자마자 관우의 소상 앞에서 그 참외를 벗겨 먹어 버렸다. 마음속으로 무슨 기도를 했는지는 알 수 없지만, 그 정성만은 알만했다. '가진 것은 적은 주제에 바라는 게 너무 많다'는 옛말이 생각났다.

석교하에 도착해 보니, 강가와 강언덕을 구분 못할 정도로 물이 불어 있었다. 수심은 별로 깊지 않은 듯한데, 물살이 여간 센 것이 아니었다. 물이 점점 더 불어서 바로 건너지 않으면 안 된다고 하기에, 우리는 가능한 한 조금이라도 빨리 강을 건너기로 했다.

나는 정사와 함께 가마를 타고 무사히 강을 건넜는데, 말을 타고 건너는 사람들은 모두 얼굴이 파랗게 질려 있었다. 서장관의 수행원 중 한 사람이 하마터면 물에 빠져 죽을 뻔하여 다들 크게 놀랐다. 의주에서 온 장사꾼 하나는 강물에 돈주머니를 빠뜨렸는데, 그는 강물을 내려다보며 '어머니! 아이구, 어머니!' 하고 큰 소리로 울었다.

7월 23일

아침결에는 이슬비가 내리더니 이내 날씨가 개었다. 아침에 전둔위를 출발하여, 86리를 가서 홍화포에서 묵었다.

홍화포로 가는 길에 부사, 서장관, 변 주부, 정 진사 등과 함께 강녀묘를 구경했다.

강녀는 원래 성은 허씨요, 이름은 맹강으로 섬서성 동관 출신이다. 그녀는 일찍이 범칠랑에게 시집을 갔다. 혼인한 지 얼마 안 되어, 범칠랑은 진나라 장군 몽염이 만리장성을 쌓을 때 그 일에 뽑혀 나갔다. 그랬다가 그만 육라산 아래에서 죽어, 그 아내 맹강의 꿈에 나타났다. 꿈을 꾼 다음날, 맹강녀는 손수 지은 옷을 들고 육라산까지 천 리 길을 달려갔다. 마침내 남편의 죽음을 확인한 그녀는 장안을 바라보고 울다가 돌이 되었다고 한다.

어떤 사람은 말했다.

"맹강은 남편이 죽었다는 소식을 듣고, 홀로 찾아가 그 뼈를 거두어 등에 지고 바다로 뛰어들었다. 그 며칠 뒤 돌 하나가 바다 가운데 솟았는데, 그 돌은 밀물이 들어도 잠기지 않았다."

뜰 가운데 비석이 세 개 있었다. 그런데 그 비석에 기록된 것들이 제각기 다르고, 또 우리가 믿기에는 허황된 말들이 너무 많았다.

　사당에는 그녀의 소상이 세워져 있었으며, 그 양쪽에 어린 사내아이와 계집아이의 상을 늘어 세워 놓았다. 그리고 망부석에는 황제가 지은 시를 새겨 놓았다.

　만리장성을 보지 않고서는 중국의 거대함을 알 수 없고, 산해관을 보지 않고서는 중국의 제도를 알 수 없을 것이다. 또 산해관 밖에 있는 *장대를 보지 않고서는 장수의 위엄을 알 수 없을 것이다.

制 度
마를제 법도도
4급 8획 6급 9획

　산해관에서 1리쯤 못 미쳐 동쪽으로 *방성이 하나 있다. 성벽의 높이는 열 길이 넘고 둘레는 수백 보에 달하는데, 한 면에는 모두 일곱 개의 *성가퀴가 만들어져 있었다. 그 성가퀴 밑에는 큰 굴이 뚫려 수십 명의 사람이 들어가서 숨을 수가 있었다. 그와 같은 굴의 수가 스물넷이고, 성 아래로도 굴을 네 개나 뚫어 무기를 감추어 두었다. 그리고 다시 그 밑으로 굴을 파서 장성과 서로 통할 수 있게 했다.

　일행들과 함께 성가퀴에 의지하여 사방을 둘러보았다. 북쪽으로는 장성이 끝없이 뻗어 있고, 남쪽에는 푸른 바다가 출렁이고 있었다. 또 동쪽으로는 드넓은 벌판이 자리잡고, 서쪽으로는 산해관 안을 엿볼 수 있었다. 사방을 두루 살피기에 이 장대만큼

• 장대(將臺) : 장수가 군사를 부릴 때 올라서는 돌로 쌓은 높은 곳.

• 방성(方城) : 전체적인 모양이 모난 성.

• 성가퀴 : 성 위에 나지막하게 쌓은 담.

좋은 곳은 아마도 찾을 수 없을 것이다.

산해관 안의 수만 호가 들어선 거리와 누대가 뚜렷하여, 마치 손금을 들여다보는 듯했다. 바다 위로는 하늘을 찌를 듯 높이 솟은 봉우리가 하나 있었으니, 바로 문필봉이다.

한참 동안 사방을 둘러보다가 내려오려 하니 눈앞이 캄캄했다. 아무도 감히 먼저 내려가려고 하지 않았다. 벽돌로 쌓은 층계가 몹시 가팔라서 보기만 해도 다리가 후들거리고 머리칼이 곤두섰다. 하인들이 곁에서 부축하려고 했지만, 몸을 돌릴 만한 자리조차 마땅치 않았다. 나는 서쪽 층계를 따라 간신히 내려와 땅을 딛고 설 수 있었다. 밑에 서서 대 위에 있는 사람들을 바라보니, 모두들 겁에 질려 어쩔 줄 몰라하고 있었다.

보통 대 위에 오를 땐 앞만 보고 층계 하나하나를 밟고 오르기 때문에 그 위험을 느끼지 못하는데, 내려오려고 아래를 내려다보면 디딜 곳을 찾지 못해 절로 현기증이 일어나는 것이다. 따지고 보면 허물은 눈에 있다고 할 수 있다.

벼슬살이 또한 이와 마찬가지다. 한창 위로 올라갈 때는 혹시 다른 사람에게 뒤질까 두려워, 앞을 다투기도 하고 혹은 남을 밀어젖히기도 한다.

하지만 마침내 높은 지위에 이르면, 그제야 두렵고 외롭고 위태로운 느낌을 가지게 되는 것이다. 앞으로는 한 발짝도 나아갈

積
쌓을적
4급 16획

수 없는데 뒤로는 천 길 낭떠러지가 있는 것이다. 더 이상 올라
갈 희망도 없고, 내려오려고 해도 내려올 수가 없다. 아득한 옛
날부터 모든 것이 다 그럴 것이다.

산해관은 옛 *유관이다. 명나라 태조 주원장 때의 대장군
서달이 이곳에다 다섯 겹으로 성을 쌓고 산해관이라 했다.

산해관은 앞으로는 요동 벌판을 바라보고, 오른쪽으로는 푸
른 바다를 끼고 있다.

우리 사신들은 모두 문신과 무신으로 반을 나누어, 심양에 들
어갈 때와 마찬가지로 산해관을 통과했다.

希望
바랄희 바랄망
4급 7획 5급 11획

• 유관(楡關) : 변방을 지
키는 중요한 관문.

핵심⁺ 《열하일기》가 조선 사회에 끼친 영향

　박지원은 《열하일기》를 통해 청나라의 앞선 문물을 소개하고, 조선의 후진성과 유학(儒學)의 비현실성을 비판했다. 그리고 뒤떨어진 조선의 발전을 위한 다양하고 구체적인 방향과 대안을 제시하면서, 정치·경제·사회·문화 전반에 걸쳐 개혁을 일으킬 것을 주장했다. 이것을 계기로 전통적 조선 사회의 가치체계가 실학(實學), 즉 이용후생(利用厚生)의 물질적인 면으로 변화하게 되었다.

好樂好樂 한자 노트

바람풍 | 총 9획 | 부수 風 | 6급

바람이 휩쓸고 지나갈 때 그 속에 큰 벌레(虫)가 숨어 지나가는 것이라는 뜻이다.

風物(풍물) : 어떤 지방이나 계절 특유의 구경거리나 산물.
風習(풍습) : 풍속과 습관.
風車(풍차) : 바람의 힘을 기계적인 힘으로 바꾸는 장치.
通風口(통풍구) : 공기가 통하도록 낸 구멍.

내가 찾은 사자성어

가을추　바람풍　떨어질락　잎엽
秋風落葉
추　　풍　　낙　　엽

내용 ≫ '가을바람에 떨어지는 나뭇잎' 이라는 뜻으로, 어떤 형세나 세력이 갑자기 기울어지거나 헤어져 흩어지는 모양을 비유적으로 이르는 말.

춘추(春秋)

중국 노(魯)나라에 전해 오는 사관(史官)의 기록을 바탕으로 공자가 기원전 722년, 즉 은공(隱公) 원년에서 기원전 481년(애공 14년)에 이르는 사이의 중요한 일을 엮은 역사책이다. 오경(五經)의 하나다. 연대순으로 기록한 중국 최초의 역사책으로, 간략한 서술이 그 특징이다. 문장은 비록 아주 짧지만 자구(字句)의 운용이나 구성은 《서경(書經)》보다 훨씬 발전하여 간결하고 쉽다.

가까울근 | 총 8획 | 부수 辶 | 6급

물건을 달 때 저울추(斤)를 옮겨가는(辶) 거리가 짧은 것에서 '가깝다' 라는 뜻이다.

近來(근래) : 가까운 요즈음.

近方(근방) : 가까운 곳.

近處(근처) : 가까운 곳.

近海(근해) : 육지에 인접한 바다.

附近(부근) : 어떤 곳을 중심으로 하여 가까운 곳.

親近(친근) : 사귀어 사이가 아주 가까움.

내가 찾은 속담

가까운 이웃이 먼 친척보다 낫다

≫ 이웃끼리 서로 친하게 지내다 보면 먼 곳에 있는 친척보다 더 친하게 되어 서로 도우며 살게 되는 것을 이르는 말.

處暑
곳처 더울서
4급 11획   3급 13획

7월 24일

날이 개었다. 이날은 처서다. 홍화포를 떠나 범가장까지 20
리를 가서 점심을 먹었다.

모두 68리를 가서 저녁에 유관에서 묵었다. 산해관 안의 경치
는 산해관 동쪽과는 달리, 산천이 밝고 아름다우며 굽이굽이 교
묘한 것이 한 폭의 그림 같았다.

홍화포에서부터 돈대가 5리에 하나, 10리에 하나씩 있었다.
그 모양은 네모반듯하며, 높이는 다섯 길이나 되었다. 돈대 위
에는 세 칸의 집을 짓고, 그 곁에는 세 길 정도 되는 깃대를 세웠
으며, 돈대 밑에 다시 다섯 칸의 집을 지었다.

집 앞에는 칼과 창 따위를 꽂아 놓았으며, 봉화 올리는 것과
망보는 것에 관한 여러 가지 조항은 벽 위에 죽 붙여 놓았다.

7월 25일

맑게 갠 날씨였다.

유관을 떠나 배음보까지 46리를 가서 점심을 먹었다. 배음보
에서 저녁에 묵은 영평부까지는 43리니, 이날은 모두 89리를 지
난 셈이다.

무령현을 지나니 산천이 더욱 명랑한 기운을 띠었고, 성 안 거리에는 곳곳마다 *패루가 화려했다. 장복만 데리고 이 집 저 집을 둘러보았는데, 하나같이 주인이 없었다. 그러다가 어떤 집에 이르렀다. 담장 밑에 자줏빛 대나무 몇십 그루가 자라고, 축대 아래에 벽오동 한 그루가 서 있었다. 서쪽으로는 연못이 있었는데, 그 연못가에 흰 돌로 난간을 둘렀다. 연못 한가운데는 연밥 대여섯 자루가 떠 있고, 또 난간 가까이에는 새끼거위 세 마리가 노닐고 있었다.

집 가운데에는 발을 깊게 드리웠는데, 그 안에서 여러 사람이 유쾌하게 담소하는 소리가 들려왔다. 나는 연못가에 이르러 잠시 난간에 기대어 보았다. 그리고 발이 드리워져 있는 곳을 향해 두어 번 헛기침을 보냈다. 그러자 안쪽이 갑자기 조용해지며 발 너머로 내다보는 듯했다.

談 笑
말씀담 웃을소
5급 15획 4급 10획

잠시 후, 한 아이가 뒤꼍에서 나오더니 멀리서 인사를 하며 큰 소리로 묻는다.

"어르신께서는 무슨 일로 오셨습니까?"

"너희 집 어른은 어디 계시기에 멀리서 찾아온 손님을 맞이하지 않느냐?"

장복의 물음에 그 아이가 대답했다.

"아버님께서는 조금 전 친척 어른과 함께, 조선에서 오신 분

• 패루(牌樓) : 거리에 있는 누각의 문.

들의 처소로 가셨습니다. 의원을 만나러 가신 것인데, 아직 돌아오시지 않았습니다."

이번에는 내가 그 아이에게 말했다.

"너희 집에서 의원을 찾는 걸 보니, 집안에 아픈 사람이 있는 모양이로구나. 내가 바로 의원이다. 이왕 여기까지 왔으니 환자를 진찰해 보아도 좋고, 또 진짜 청심환도 가지고 있으니, 빨리 가서 아버님을 모시고 오너라."

患者
근심환 놈자
5급 11획 6급 9획

아이는 듣는 둥 마는 둥 하더니 거위를 몰아 우리에 가두고, 난간에 기대 세웠던 낚싯대로 연못 안에 꺾어진 채 떠 있는 연잎을 끌어내어, 그것을 우산처럼 들고는 어디론가 사라져 버렸다.

발 안에서 비치는 사람의 그림자는 일고여덟 명쯤 되는 듯한데, 자기들끼리 뭐라고 소곤대며 입을 막고 웃는 소리가 들렸다. 나는 잠시 서성거리다가 몸을 돌려 그 집을 나섰다. 그때 장복을 바라보니 잔뜩 화가 난 얼굴을 하고 있었다.

돌아오는 길에 조 주부를 만나 나란히 말을 타고 오면서 내가 말했다.

"이곳 무령 사람들의 인심이 좋지 못합니다."

조 주부도 내 말에 찬성하며 다음과 같이 덧붙였다.

"무령 사람들은 우리 조선 사람을 귀찮은 손님으로 친답니다. 이곳에 서 진사라는 사람이 있었는데, 그는 원래 손님이 오는 걸 좋아하는 편이었답니다. 그래서 우리나라 사람이 찾아오면 후하게 대접을 했답니다. 그후 그 소문이 우리나라에까지 퍼져 중국으로 볼일을 보러 가는 사람이라든지 사신들은 반드시 서 진사를 찾았답니다. 해마다 그렇게 接待하다 보니 그 일도 힘에 겨웠겠지만, 아무튼 서 진사의 집에서는 차츰 대접이 전만 못해졌습니다. 그러다 그가 죽은 뒤에는 그 아들이 조선 손님을 매우 귀찮게 여겨서, 조선에서 사신들이 올 무렵이 되면 좋은 그릇은 따로 숨겨 두고 너저분한 것들만 벌여 놓고 가까스로 인사치레를 할 뿐이었답니다. 오늘 그 옆집에서 피하고 숨은 것도 아마 서 진사네처럼 되지 않을까 두려워서 그랬을 것입니다."

接 待
이을접 기다릴대
4급 11획 6급 9획

그래서 둘은 한바탕 크게 웃었다.

7월 26일

오후에 천둥 번개가 치고 비바람이 몹시 불었으나, 곧 날이 개었다.

아침 일찍 영평부를 떠날 때는 바람이 선선했다. 성 밖 강변에 장이 섰는데, 온갖 물건이 다 모여 있고 수레와 말이 즐비했다. 능금 두 개를 사면서 보니, 내 옆에 대나무 상자를 멘 장사꾼이 서 있었다. 나는 무심코 그 상자를 열었다. 그런데 그 속에는 다섯 개의 수정합이 있고, 그 합마다 뱀이 한 마리씩 들어 있었다.

뱀은 모두 그 합 속에 도사리고 있었는데, 머리를 내민 것이 솥 뚜껑에 꼭지 달린 듯이 한복판에 솟아 있고, 두 눈알이 여간 반들반들한 것이 아니었다. 검은 놈이 한 마리, 흰 놈이 한 마리, 파란 놈이 두 마리, 빨간 놈이 한 마리였다. 수정합 속에 들어 있으니 환히 들여다보였는데, 죽었는지 살았는지 꼼짝을 안했다.

"이놈들이 죽었소, 살았소?"

내가 물었으나, 뱀장수는 시원한 대답을 하지 않았다.

장에는 또 다람쥐를 놀리는 자, 토끼를 놀리는 자, 곰을 놀리는 자들이 여러 가지로 재미있는 재주를 부리는데, 그들은 모두 거지에 가까웠다. 곰은 크기가 개만한데, 칼춤도 추고 창춤도 추며, 사람처럼 서서 다니기도 하고, 절도 하고 꿇어앉기도 하고, 머리를 조아리기도 하여 사람이 시키는 대로 온갖 시늉을 다 했다. 그러나 그 꼴이 몹시 흉하고, 원숭이에 비해 민첩하지도 못했다. 토끼와 다람쥐는 여간 재롱스럽지 않고 또 부리는 사람의 뜻을 잘 알아차렸다. 그러나 나는 갈 길이 바빠 자세히 구경하지 못했다.

배로 청룡하와 난하를 건넜다. 야계타에 거의 다다랐을 무렵, 날씨가 찌는 듯하고 바람기라곤 한 점도 없었다. 옆에 있는 사람들과 이야기를 나누며 가는데, 갑자기 손등에 찬물이 떨어졌다. 마음과 등골이 서늘하여 사방을 둘러보았으나, 아무도 물을 끼

없은 사람은 없었다. 그런데 다시 주먹만한 물방울이 떨어지며 창대가 쓰고 있는 벙거지와 다른 사람의 갓 위에도 떨어졌다. 그제야 모두 고개를 젖혀 하늘을 쳐다보았다. 해 옆에 바둑돌만한 작은 구름장이 있었고, 하늘 저 높은 곳에서 은은하게 맷돌 도는 듯한 소리가 났다. 그러더니 눈 깜짝할 사이에 사방 지평선 위에 시커먼 구름 조각들이 몰려들어, 마치 까마귀 떼가 난무하는 듯했다. 이미 해의 둘레에도 그런 구름이 잔뜩 끼어 있었다. 한 줄기 흰 번개가 버드나무 위에 번쩍하더니, 뒤이어 천둥소리가 바둑판을 밀어치는 듯 명주를 찢는 듯하며 사방이 어둠에 뒤덮였다. 버드나무 잎만이 번갯불에 번쩍번쩍 빛나고 있었다.

일제히 채찍을 휘둘러 길을 재촉했다. 우리 뒤에서는 수많은 수레들이 다투어 달렸다. 산이 미친 듯, 들이 뒤집히는 듯 나무들이 성을 내어 울부짖는 듯했다. 하인들은 급히 우장을 꺼내려 했지만, 손발이 떨려 얼른 부대끈이 풀리지 않았다. 비·바람·천둥·번개가 일시에 천지를 뒤집어 놓을 듯하여 지척을 분간할 수 없게 되었다. 말은 모두 사시나무 떨 듯했고, 사람들은 숨도 제대로 쉴 수가 없어 모두 얼굴을 말갈기 밑에 숨기고 있었다. 가끔 번갯불이 비칠 때마다 사람들의 얼굴을 볼 수 있었는데, 모두들 새파랗게 질려 있었다.

얼마 후, 비바람이 좀 멎었다. 그러면서 밤과 같던 어둠도 약

亂 舞
어지러울 란 춤출 무
4급 13획 4급 14획

간씩 가시기 시작했다. 그제야 길 양쪽에 있는 집들이 눈에 들어오기 시작했다. 그렇게 가까운 곳에 집을 두고도 비가 쏟아질 때에는 피하지를 못했다.

"조금만 더했더라면 아마 숨이 막혀 죽었을 거야."

사람들이 옆에서 말했다.

상점에 들어가 잠시 비를 피하고 있자니, 하늘이 맑게 **개고** 바람과 햇빛이 산뜻해졌다. 우리는 술잔을 몇 순배 나누고 다시 길을 떠났다.

길에서 부사를 만나 물었다.

"어디서 비를 피하셨소?"

"가마 문이 바람에 떨어져 빗발이 들이치니, 마치 한데 서 있는 것이나 마찬가지였소. 빗방울이 사발만하니, 큰 나라는 빗방울조차 크고 무섭구려."

부사가 말했다.

晴
갤 청
3급 12획

7월 27일

아침에는 잠깐 선선했으나 낮이 되자 몹시 더웠다.

어제 이제묘 안에서 점심을 먹을 때 고사리 넣은 닭찜이 나왔는데, 맛이 아주 좋았다. 길을 떠난 후 변변한 음식을 못 먹었던 터라 얼마나 달게 먹었는지 모른다. 하지만 오후에 심한 비바람

을 만나 겉은 춥고 속은 막혀 먹은 것이 내려가지 않고 배가 그득
했다. 트림을 하면 고사리 냄새가 코를 찌르는 듯하여 생강차를
달여 마셨다. 그러나 속은 여전히 거북하기만 했다.

"철도 아닌데, 주방은 어디서 그 고사리를 구했을까?"

내가 물었더니, 옆사람이 말했다.

"해마다 우리 사신 일행은 이제묘에서 점심을 먹고, 또 언제
든 고사리 요리를 먹게 되어 있습니다. 백이·숙제가 주왕을 반
대하여 수양산에 들어가 고사리를 뜯어 먹으며 살았기 때문에,
이제묘에서는 누구나 고사리 음식을 먹는 것이 관례가 되어 있
습니다. 그래서 주방은 우리나라를 떠날 때 마른 고사리를 준비

慣 例
익숙할관 법식례
3급 14획 6급 8획

해 가지고 와서, 이제묘에 이르면 반드시 고사리 요리를 해 먹이게 되었답니다. 그런데 10여 년 전, 주방의 마른 음식 취급하는 사람이 말린 고사리를 잊어버리고 가져오지 않았답니다. 그러자 서장관이 *건량관을 불러다가 곤장을 쳤습니다. 매를 맞은 건량관이 강가에 앉아 통곡을 하면서, '백이 숙제야, 나하고 무슨 원수가 졌느냐?' 라고 했답니다. 고사리가 고기만 못하고, 또 백이 · 숙제는 고사리를 즐겨 먹은 것이 아니라 주린 배를 채우기 위해 고사리를 뜯어 먹다가 결국 굶어 죽었다 하니, 고사리는 사람 죽이는 독물이 아닌가 생각됩니다."

그 말에 여러 사람이 허리를 잡고 웃었다.

새벽에 떠나 도중에 상여를 만났다. 널 위에 흰 수탉을 놓았는데, 이는 영혼을 인도하는 것이라 한다. 길 옆에 수백 이랑이나 되는 연못이 있었다. 그런데 연꽃은 벌써 지고, 사람들이 각기 작은 배를 타고 들어가 마름 · 연밥 · 연근 따위를 캐고 있었다. 돼지 수십 마리를 몰고 가는 사람도 만났다. 그 다루는 법이 말이나 소를 다루는 것과 같았다. 길가에는 수많은 아름드리 버드나무가 넘어져 있었다. 어제 비바람에 쓰러진 것이었다.

採
캘채
4급 11획

7월 28일

아침에는 맑았다가 오후에는 바람과 천둥이 크게 일었다. 그러나 어저께 야계타에서보다는 훨씬 약했다.

새벽같이 풍윤성을 떠나 10리쯤 가니 고려보라는 곳이 있었
다. 고려보의 집들은 모두 띠이엉을 이어 몹시 초라해 보였다.
누가 일러 주지 않아도 고려보임을 알 수 있었다. 경축년(병자호
란 다음해)에 잡혀온 우리 백성들이 저절로 한 마을을 이루고 살
아오는 곳이었다.

관동 천여 리에 논이라곤 없었는데, 이곳만은 논에다 벼를 심
고 엿이며 떡 같은 음식도 있어, 그들이 우리 풍속을 많이 지니
고 있다는 것을 알 수 있었다. 옛날에는 우리나라 사신이 오면
하인들이 사 먹는 술과 음식값을 받지 않는 일도 있었다고 한다.
여인네들도 남자를 피하지 않고, 고국의 이야기가 나오면 눈물
을 짓는 이도 많았다는 것이다. 그런데 하인들은 이것을 기화로
술이나 음식을 마구 집어다 먹고, 그것도 모자라 그릇이나 옷 같
은 것을 요구하는 일까지 있었다. 가게 주인은 같은 민족이라
믿고 철저하게 지키지 않았는데, 우리 하인배들은 그 틈을 타서
도둑질을 하기 일쑤였다.

그후로 고려보 사람들은 우리나라 사람을 꺼려 사신 행렬이
지나갈 때마다 술과 음식을 감추고 팔지 않게 되었으며, 가게를
지킬 때도 마치 도둑놈을 바라보듯 하게 되었다고 한다. 간곡히
청하면 어쩔 수 없이 술이나 음식을 파는데, 그 값을 엄청나게

비싸게 부르고, 그것도 미리 돈을 내야만 주곤 한다는 것이다. 그러면 이쪽은 이쪽대로 온갖 방법을 다 써서 분풀이를 했다. 그렇게 되자, 서로 마치 원수 보듯 하게 되었다고 한다.

"네놈들은 우리 조선의 자손이 아니냐? 네 할애비가 지나가시는데, 어찌 나와서 절을 하지 않느냐?"

우리 하인배들이 이렇게 욕지거리를 하면, 이곳 사람들도 지지 않고 대거리를 한다. 그러므로 우리나라 사람들은 도리어 이곳 풍속이 참으로 좋지 않다 하니, 그야말로 한심한 일이다.

길에서 소나기를 만났다. 한 상점으로 들어가 비를 피했는데, 주인은 차까지 내오며 대접을 잘 했다. 비는 한동안 멎지 않고 천둥소리가 높았다. 그 상점의 앞마루가 제법 널찍한데, 늙고 젊은 아낙네 다섯이 거기에 앉아 부채를 만들고 있었다. 그녀들은 부채에 붉은 물감을 들여 처마 끝에 매달아 말리고 있었다.

그때 말몰이꾼 하나가 갑자기 뛰어들었다. 머리에는 다 해진 벙거지를 쓰고, 허리 밑은 손바닥만한 천쪼가리 하나로 가리고 있었다. 마루에 있던 아낙네들은 사람도 도깨비도 아닌 그 꼴을 보고 모두 일거리를 버리고 도망쳐 버렸다. 주인이 그 광경을 내다보고 화가 나서 얼굴색이 변하더니, 의자에서 벌떡 일어나 팔을 걷고 말몰이꾼의 뺨을 철썩 갈겼다.

寒 心
찰한 마음심
5급 12획　7급 4획

"말이 허기가 져서 보리 찌꺼기를 사러 왔는데, 당신은 왜 죄 없는 사람을 치시오?"

말몰이꾼이 소리치자, 주인도 마구 소리를 질렀다.

"이런 예의도 모르는 녀석! 알몸뚱이로 이게 무슨 짓이냐?"

말몰이꾼은 문 밖으로 뛰어나갔다. 주인은 그래도 화가 풀리지 않은 듯 비를 무릅쓰고 그 뒤를 쫓아나갔다. 그러자 말몰이꾼은 몸을 돌이켜 주인의 가슴을 들이받았다. 주인은 맥없이 흙탕물 속에 나가떨어졌다. 말몰이꾼은 다시 한 번 주인의 가슴을 발로 걷어차고 달아나 버렸다.

주인은 죽은 듯이 꼼짝도 하지 않고 있더니, 한참 만에야 일어나 비틀거리며 걸어왔다. 온몸이 진흙투성이였다. 그는 분풀이할 데가 없자 씨근거리다가 곱지 않은 눈초리로 나를 바라보았다. 언제 내게 화살이 날아올지 모르는 분위기였다. 나는 그럴수록 아무렇지도 않은 척 마음을 가다듬어 얕보지 못하도록 늠름한 기세를 보인 후, 부드러운 목소리로 주인에게 말했다.

"하인이 무례하여 이런 일이 생겼습니다만, 지나간 일이니 마음에 두지 마시지요."

그러자 주인도 이내 노여움을 풀고 웃는 얼굴로 말했다.

"도리어 부끄럽습니다. 선생, 우리 다시는 그 얘기를 입 밖에 내지 맙시다."

비가 점점 더 쏟아졌다. 남의 가게에 오래 앉아 있자니 미안하기도 하고, 무엇보다 내가 몹시 지루했다. 방에 들어가서 옷을 갈아입고 온 주인이 일고여덟 살쯤 되는 계집아이를 데리고 나와서 내게 절을 시켰다. 그 아이의 얼굴을 살펴보니 사납고 성깔 있게 생겼다.

주인이 웃으며 말했다.

"제 셋째딸입니다. 저는 사내애를 못 두었습니다. 보아하니 선생께서는 성품이 너그러우신 양반인 듯하니, 모쪼록 이 아이의 수양아버지가 되어 주십시오."

"그 뜻은 고맙지만, 나는 외국 사람으로 이번에 돌아가면 다시 이 땅을 밟기 어려운 몸이오. 그런 처지이고 보면, 잠깐 동안 맺은 인연이 나중에 서로 생각하는 괴로움만 남기게 될 뿐이오. 그러니 이는 부질없는 짓인 듯하오."

내가 이렇게 사양을 했지만, 그는 굳이 자기 딸의 **수양**아버지가 되어 달라고 했다. 그러나 나 역시 한사코 사양을 했다. 만일 한번 수양딸을 삼게 되면 연경에 갔다가 다시 이곳을 지나칠 때마다 으레 좋은 선물을 사다 주어 정표를 삼아야 하니, 이는 마두들에게 보통 있는 일이라 했다. 귀찮고도 우스운 짓이 아닐 수 없다.

비가 멎고, 산들바람까지 일었다. 나는 곧 일어나 밖으로 나왔다. 주인은 문 밖까지 나와서 작별 인사를 하는데, 몹시 서운

收 養
거둘수 기를양
4급 6획 5급 15획

한 표정이었다. 청심환 한 알을 주자, 그는 두어 번 사양하다가 받아 넣었다. 이곳 여인들은 검은 신을 신은 것을 보니, 대부분 만주인인 듯싶었다.

성 안에 들어가 한 상점을 조용히 구경하고 있었다. 그때 어디 선지 음악 소리가 흘러나왔다. 곧 정 진사와 함께 그 소리를 찾아 들어가니, 곁채 아래에 대여섯 명의 젊은이들이 앉아서 여러 악기를 연주하고 있었다. 방 한가운데 한 사람이 의자에 단정히 앉아 있다가, 우리를 보고 벌떡 일어나 인사를 했다. 나이가 쉰 남짓 되어 보이는 **사내**로, 수염이 희끗희끗했다. 그리고 사면 벽에는 얼핏 보아도 이름난 사람들의 글씨와 그림이 잔뜩 걸려 있었다. 주인은 심유봉이라는 사람으로 나이는 마흔여섯 살이 었는데, 매우 말수가 적고 조용한 성품의 사내였다.

나는 곧 그와 하직하고 나오다가, 탁자 위에 놓인 구리를 녹여서 만든 사슴을 보았다. 그것은 푸른빛이 속까지 스민 듯하고, 높이는 한 자가 좀 넘는 것 같았다. 또 서쪽 벽 밑에는 푸른 화병이 있었는데, 거기에는 벽도화 한 가지가 꽂혀 있었다. 꽃 위에는 검은 왕나비 한 마리가 앉아 있었다. 처음에는 만든 것이려니 했는데, 자세히 살펴보니 비취색 바탕에 금무늬가 찍힌 그놈은 진짜 나비였다. 꽃잎 위에 다리를 붙여서 말려 버린 것이었다. 그리고 갱지에다 가늘게 쓴 글씨가 한 폭 걸려 있는데, 벽을 온

男
사내 남
7급 7획

통 다 차지하고 있었다. 글씨 역시 정교하고 아름답기에 무슨 내
용인가 하고 읽어 나가다가, 그 글의 내용에 빠져 단숨에 다 읽
고 말았다. 그야말로 기이하기 이를 데 없는 글이었다.

나는 다시 자리에 돌아와서 주인에게 물었다.

"저 위에 걸린 글은 어떤 사람이 지은 것인가요?"

주인은 모른다고 대답했다.

"아마 요즘 사람이 지은 작품인 듯싶은데, 혹시 주인장께서
지은 글이 아닌지요?"

이번에는 정 진사가 물었다. 그러나 심유붕은 고개를 저었다.

"저는 글은 한 줄도 모른답니다."

"그럼 이걸 어디서 났습니까?"

내가 다시 물었다.

"며칠 전 계주 장에서 사온 것입니다."

심유붕이 대답했다.

"베껴 가도 괜찮겠습니까?"

내 말에 심유붕은 고개를 끄덕였다.

"그러시지요."

나는 종이를 가지고 저녁때 다시 들르겠다고 말한 뒤 숙소로
돌아왔다. 약속대로 저녁을 먹고 나서 정 진사와 함께 가니, 이
미 촛불 두 자루를 켜 방 안을 밝혀 놓았다.

"정말 선생께서 지으신 게 아니란 말씀입니까?"

나는 다시 한 번 심유붕에게 물었다.

그는 고개를 절레절레 저었다.

"저는 저 밝은 촛불처럼 거짓이 없는 사람입니다. 오래 전부터 부처님을 섬기고 있기 때문에 부질없는 말은 삼가고 있습니다."

나는 정 진사에게 부탁하여 중간에서 끝까지 베끼도록 하고, 처음에서 중간까지는 내가 베꼈다.

우리가 그것을 다 베끼자, 심유붕이 물었다.

"선생은 이걸 베껴서 뭘 하실 겁니까?"

"돌아가서 우리나라 사람들에게 읽혀 허리를 잡고 한바탕 웃게 만들고 싶소. 아마 이 글을 읽는다면 입 안에 든 밥알이 벌처럼 날아갈 것이며, 아무리 튼튼한 갓끈을 매었다 해도 그것이 썩은 새끼처럼 끊어질 것입니다."

나는 이렇게 대답하고 정 진사와 함께 숙소로 돌아왔다.

돌아와서 불을 밝히고 다시 훑어보니, 정 진사가 베낀 부분에는 틀린 글자가 수없이 많고 빠뜨린 글자와 글귀까지 있어 전혀 맥이 닿지 않았다. 그래서 내 생각대로 고칠 것은 고치고 보충할 것은 보충해서 다음과 같이 한 편을 만들었다.

補 充
기울보 채울충
3급 12획 5급 6획

호질(호랑이의 꾸짖음)

호랑이는 성품이 착하고 성스럽고 선비 같은 구석이 있다. 그런가 하면, 마치 무사처럼 싸움을 잘 한다. 그뿐만이 아니다. 자애롭고 효성스럽고 지혜롭고, 게다가 어질기까지 하다. 어느 때는 의뭉스럽고, 어느 때는 날쌔고, 또 어느 때는 더할 나위 없이 사납다. 따라서 호랑이를 이길 자는 세상에 없다.

하지만 호랑이도 비위·죽우·박 같은 기이한 짐승에게는 잡아먹힌다고 한다. 또 오색사자라는 놈은 호랑이를 커다란 나무가 있는 신꼭대기에서 잡아먹는다고 한다. 오색사자는 털빛이 오색찬란한 짐승인데, 그 모양이 꼭 사자처럼 생겼다. 호랑이를 잡아먹는 놈은 또 있다. 이빨이 톱니처럼 날카로운데다가 생김새는 말 같다는 자백, 그리고 훨훨 날아다닌다는 표견도 호랑이를 잡아먹는다. 그 밖에 몸의 위쪽은 누렇고 아래쪽은 검은, 개를 닮은 황요라는 짐승은 호랑이의 염통을 좋아한다. 그리고 뼈가 없는 활이라는 짐승은 호랑이를 봤다 하면 갈가리 찢어서 먹는다. 호랑이가 가장 무서워하는 놈은 맹용인데, 그놈만 만났다 하면 호랑이는 아예 눈을 질끈 감는다고 한다.

그런데 사람들은 이런 짐승들은 무서워하지 않지만, 호랑이를 무서워하지 않는 사람은 없다. 그런 점으로 보아 호랑이가 어느 정도로 위엄이 있는 짐승인지 알 수 있으리라.

만일 호랑이가 개를 잡아먹으면 취한다. 그러나 사람을 잡
아먹으면 조화를 부리게 된다. 호랑이가 처음 사람을 잡아먹
으면, 그 귀신이 겨드랑이에 붙는다. 그 귀신은 호랑이가 사람
사는 집의 부엌으로 들어가 솥을 핥도록 한다. 그러면 그 집주
인은 별안간 시장기를 느껴, 한밤중이라도 그 아내에게 부엌
에 나가 밥을 지으라고 시키게 된다.

호랑이가 두 번째로 사람을 잡아먹으면, 그 귀신은 호랑이의
광대뼈에 붙어살며 높은 산에 올라가 사냥꾼의 움직임을 살피도
록 만든다. 만약 깊은 골짜기에 함정이나 덫이 있을 경우, 먼저
가서 그 함정을 무너뜨리고 덫이 닫히게 만든다.

호랑이가 세 번째로 사람을 잡아먹게 되면, 그 귀신은 호랑이
의 턱에 붙어산다. 그 귀신은 살아 있을 때 친하게 지내던 친구
들의 이름을 계속 불러 댄다. 그 소리를 듣고 친구들이 오면, 호
랑이는 그들을 잡아먹는 것이다.

어느 날, 호랑이가 그 여러 귀신을 불러모은 다음 물었다.

"오늘도 해가 저물었는데, 어디 가서 무엇을 먹으면 좋겠는
가?"

그러자 겨드랑이에 붙어사는 귀신이 말했다.

角
뿔각
6급 7획

"제가 아까 점을 쳐 보았더니, 뿔 가진 것도 아니고 그렇다고
날짐승도 아닌 검은 머리를 가진 놈이 나왔습니다. 눈 위에 발자

국이 있는데, 비틀비틀 엉성한 걸음걸이였습니다. 꼬리가 뒤통수에 붙어서 꽁무니에다 감추지도 못하는 그놈을 잡아먹으면 좋겠습니다."

겨드랑이에 붙어사는 귀신이 말한 것은 댕기를 길게 땋아 늘인 처녀였다.

다음에는 광대뼈에 붙어사는 귀신이 말했다.

"성의 동쪽에 한 놈이 있고, 서쪽에도 한 놈이 있습니다. 동쪽에 있는 놈은 '의원'이라고 하는데, 오랫동안 온갖 약초를 다 먹어 왔기 때문에 그 고기가 아주 향기롭습니다. 또 서쪽에 있는 놈은 '무당'이라고 하는데, 그놈은 온갖 귀신에게 아양을 떠느라 날마다 목욕을 하기 때문에 고기가 아주 깨끗합니다. 그 두 가지 가운데 골라서 드시지요."

호랑이는 그 말을 듣더니, 수염을 곤두세우고 얼굴을 붉히며 말했다.

"의원이란 놈들은 자기도 의심스러운 처방을 여러 사람에게 시험하기 때문에 해마다 억울하게 목숨을 잃는 사람이 몇만 명에 이르고, 또 무당이란 것도 귀신을 속이고 순진한 백성들을 유혹하기 때문에 의사 못지않게 억울한 목숨을 많이 끊어 놓는다. 그래서 뭇 사람의 노여움이 뼛속 깊이 스며들고 그것이 변하여 독이 되었으니, 내 어찌 그것을 먹을 수가 있겠느냐?"

이번에는 턱에 붙어사는 귀신이 말했다.

"저 숲속에 어떤 고기가 있는데, 인자한 염통과 의로운 쓸개를 지녔습니다. 게다가 충성스런 마음, 순결한 지조를 지니고, 예의에 어긋난 짓은 결코 하지 않습니다. 그 이름은 '유학자'인데, 등살이 오붓하고 몸집이 기름져서, 오미를 갖추어 지녔습니다."

호랑이는 그 말을 듣고 군침을 흘리다가, 하늘을 쳐다보고 웃었다.

어느 고을에 벼슬을 좋아하지 않는 체하는 선비가 살고 있었는데, 북곽 선생이라고 불렸다. 나이 마흔에 문장이 뛰어나, 천자가 그의 의로움을 아름답게 여기고 제후들은 그의 이름을 사모했다.

그 고을 동쪽에 동리자라는 아름다운 청춘 과부가 살고 있었다. 천자가 그 절개를 갸륵하게 여기고 제후들은 그 어진 마음을 흠모했다. 그리하여 그 고을 사방 몇 리의 땅을 '동리과부지려'라 했다. 동리자는 이렇게 절개가 굳은 과부였지만, 아들 다섯이 저마다 다른 성씨를 가지고 있었다.

어느 날 밤, 북곽 선생이 동리자를 찾아갔다. 아들 다섯이 번갈아 문틈으로 방 안을 들여다보았다. 동리자가 북곽 선생에게 글 읽는 소리를 듣고 싶다고 청하고 있었다.

五 味
다섯 오 맛 미
8급 4획 4급 8획

문틈으로 이 모습을 본 아들들은 깜짝 놀랐다. 천하에 그렇게 예의 바르고, 의롭고, 학식과 덕망이 높다는 북곽 선생이 과부인 어머니를 찾아왔기 때문이다.

아들들이 서로 말했다.

"《예기》에 '과부의 집 문에는 함부로 들어서지 않는다'고 했는데, 북곽 선생이 아니라 아마 다른 사람일 거야."

"이 고을 성문이 낡아서 여우가 구멍을 내고 드나든다는 얘길 들었는데, 혹시 그 여우가 아닐까?"

"여우가 천 년을 묵으면 조화를 부려 사람이 된다는 얘기가 있어. 필시 여우란 놈이 북곽 선생으로 둔갑을 한 거야."

"여우의 머리를 얻는 자는 천만금의 부자가 되고, 여우의 다리를 얻는 자는 대낮에 그림자를 감출 수 있으며, 여우의 꼬리를 얻는 자는 사람을 잘 꾀어서 누구든지 자기를 좋아하게 만들 수가 있다던데, 우리 저 여우를 잡아 죽여서 나누어 갖는 게 어떨까?"

그래서 다섯 아이들이 한꺼번에 북곽 선생이 들어 있는 방을 에워싸고 들이쳤다.

북곽 선생은 크게 놀라서 달아났는데, 남들이 혹시라도 자기 얼굴을 알아볼까 봐 걱정이 되었다. 한 다리를 비틀어 목덜미에 얹고, 도깨비처럼 춤추며 도깨비처럼 웃었다. 그렇게 하고 문

取
가질 **취**
4급 8획

밖으로 나와 힘껏 뛰어가다가, 그만 벌판 구덩이에 빠졌다. 그 속에는 똥이 가득 차 있었다. 그 똥구덩이 속에서 가까스로 기어 나와 목을 내밀고 바라보니, 이번에는 호랑이가 길을 가로막고 있었다. 호랑이가 이맛살을 찌푸리며 구역질을 하다가, 코를 막고 고개를 잔뜩 외로 꼬았다.

"에이, 그놈의 선비, 어지간히 구리군."

호랑이가 혀를 찼다.

북곽 선생은 머리를 조아리며 앞으로 엉금엉금 기어나와, 세 번 절하고 꿇어앉았다. 그런 다음, 고개를 쳐들고 이렇게 말했다.

"호랑이님의 덕이야말로 참으로 지극하십니다. 군자는 그 변화를 본받고, 제왕은 그 걸음을 배웁니다. 남의 아들 된 자들은 그 효성을 본뜨며, 장수는 그 위엄을 취합니다. 호랑이님의 거룩한 이름은 신령스러운 용과 짝이 되어 영원할 것입니다."

호랑이는 그 말이 미처 끝나기도 전에 크게 꾸짖었다.

"가까이 오지 마라! 지난번에 내가 들으니 유학자들이란 모두 아첨꾼이라고 하던데, 과연 그렇구나. 너는 평소에 이 세상의 흉악한 이름을 다 끌어다가 내게 붙이더니, 이제는 낯간지럽게 아첨을 하는구나. 그 말을 누가 곧이듣겠느냐? 대개 천하의 이치가 한 가지니, 호랑이의 성품이 악하다면 사람의 성품도 악할

凶 惡
흉할 흉 악할 악
5급 4획 5급 12획

것이요, 사람의 성품이 선하다면 호랑이의 성품도 선할 것이다. 너희는 삼강이니 오륜이니 들먹이며 말은 번드르르하게 하지만, 거리에는 코 베이고 발 잘리고, 얼굴에 죄인이라는 글자를 먹으로 새긴 채 돌아다니는 자들이 많다. 그런데 호랑이 세계에는 그런 형벌이 없으니, 그 일만 보아도 호랑이의 성품이 사람보다 어질지 아니하냐?

호랑이는 나무와 풀을 씹지 않고, 벌레나 물고기를 먹지 않으며, 술처럼 좋지 못한 것을 즐기지 않고, 순종 굴복하는 하찮은 것들은 차마 잡아먹지 않는다. 산에 들어가면 노루와 사슴을 사냥하고 들판에 나가면 말이나 소를 사냥하되, 살기 위해 지나친 욕심을 부리거나 음식 때문에 송사를 일으킨 적이 한 번도 없으니, 호랑이야말로 광명정대하다 할 수 있을 것이다.

너희는 호랑이가 노루나 사슴을 먹으면 미워하지 않다가도, 말이나 소를 먹으면 '원수'라고 떠들어 대더구나. 아마도 노루와 사슴은 사람에게 은혜를 끼치지 않지만, 말이나 소는 너희에게 공이 있어서 그런 것이 아니냐? 그러면서도 너희는 말이나 소가 등에 태워 주고 일해 주는 공로도 다 저버리고, 사랑하고 충성하는 생각까지 다 잊어버리며, 날마다 푸줏간이 미어지도록 이들을 죽이고 심지어는 그 뿔과 갈기까지 하나도 남기지 더구나. 게다가 노루와 사슴까지도 빼앗아가서 우리가 산에서

功 勞
공로 공 일할 로
6급 5획 3급 12획

먹을 것이 없고 들에서 굶게 했었다. 그러니 하늘이 공평하게 처리하도록 한다면, 너를 먹어야 하겠느냐? 아니면 놓아주어야 하겠느냐?

자기 것이 아닌 것을 취하는 자를 도(盜)라 하고, 남을 못살게 굴다가 목숨까지 빼앗는 자를 적(賊)이라고 한다. 그런데 너희는 밤낮을 가리지 않고 쏘다니면서 팔을 걷어붙이고 눈을 부릅뜨며 남의 것을 빼앗고도 부끄러운 줄을 모르더구나. 심지어는 돈더러 형이라 부르고, 장수가 되기 위해서 자기 아내를 죽이는 일까지도 있었으니, 이러고도 사람의 도리를 이야기할 수 있겠느냐? 그뿐만 아니라, 메뚜기에게서 그 밥을 빼앗고, 누에한테서 옷을 빼앗으며, 벌이 모아 둔 꿀을 긁어먹고, 심한 경우에는 개미의 알을 젓담아서 그 조상께 제사하니, 세상에 너희보다 더 잔인한 자가 있겠느냐?

호랑이가 표범을 잡아먹지 않는 까닭은 차마 제 겨레를 해칠 수 없기 때문이다. 그리고 호랑이가 노루나 사슴 먹는 것을 헤아려도 사람이 노루와 사슴 먹는 것만큼 많지는 않고, 호랑이가 말이나 소 먹는 것을 헤아려도 사람이 말이나 소 먹는 것만큼 많지는 않을 것이며, 호랑이가 사람 먹는 것을 헤아려도 사람이 저희끼리 서로 죽이는 것만큼 많지는 않을 것이다.

지난해 관중이 크게 가물었을 때 백성들끼리 서로 잡아먹은 자가 몇만 명이고, 그 앞서 산동에 큰물이 났을 때 백성들이 서로 잡아먹은 자도 또한 몇만 명이었다. 그러나 서로 많이 잡아먹기로는 어찌 저 춘추시대와 같은 적이 있었겠느냐? 춘추시대에는 은덕을 세운다는 싸움이 열일곱 번이요, 원수를 갚는다는 싸움이 서른 번이었다. 그들의 피가 천 리에 흘렀고, 엎어진 시체가 백만이나 되었다.

그러나 호랑이의 족속들은 큰물과 가뭄을 알지 못하니 하늘을 원망할 것도 없고, 원수와 은혜를 모두 잊고 사니 다른 동물들에게 미움을 입지 않는다. 하늘의 뜻을 알고 순종하니 무당이나 의원의 간교한 술수에 넘어가지 않고, 타고난 바탕을 그대로 지녀서 천명을 다하므로 세속의 이해에 병들지 않는다. 이것이 바로 호랑이가 착하고도 성스러운 까닭이다. 호랑이의 얼룩무늬는 그 문(文)을 충분히 세상에 보여주고, 작은 무기 하나 지니지 않았지만 날카로운 발톱과 이빨만으로도 천하에 무(武)를 빛내는 것이다. 하루에 한 번 사냥하면 까마귀 · 솔개 · 청머구리 · 말개미 따위와 함께 그것을 나누어 먹으니, 그것이 곧 어진 것이 아니고 무엇이랴. 또 고자질한 자는 먹지 않으며, 병들어 못쓰게 된 자도 먹지 않고, 상복 입은 자도 먹지 않으니, 그것이 의로움이 아니겠는가.

그런데 너희가 하는 짓을 보니 인자한 데가 전혀 없구나. 덫과

順從
순할순 좇을종
5급 12획 4급 11획

함정으로도 모자라서 수십 가지 그물을 만들고, 게다가 창이나 도끼, 화포까지 만드는 못된 꾀를 마음껏 부리니, 누가 너희보다도 가혹하게 서로 잡아먹는 자가 있겠느냐?"

북곽 선생이 자리를 물러나 한참 엎드렸다가 엉거주춤 일어나더니, 두 번 절하고 머리를 거듭 조아리며 말했다.

"전하는 말에 이르기를 '아무리 악한 사람이라도 몸을 깨끗이 한다면 상제를 섬길 수 있다'고 했으니, 부디 용서하시고 목숨만 살려 주십시오."

그런 뒤에 숨을 죽이고 가만히 들어 봐도 오래도록 아무 대답이 없었다. 북곽 선생은 황송하기도 하고 두렵기도 하여 손을 맞잡고 슬며시 고개를 들어 보았다. 동녘이 밝았는데, 호랑이는 벌써 어디론지 가 버리고 없었다. 마침 이른 아침에 밭을 갈러 나온 농부가 북곽 선생에게 물었다.

農夫
농사농 지아비부
7급 13획 7급 4획

"선생님, 무슨 일로 이렇게 이른 아침에 벌판에 나와 절을 하십니까?"

북곽 선생이 점잔을 빼며 말했다.

"내 예전에 들으니, '하늘이 비록 높다 하되 머리를 어찌 안 굽히며, 땅이 비록 두텁다 한들 어찌 얕디디지 않을 수 있겠는가?' 하더군. 그래서……."

미처 말을 끝맺지도 못한 채 북곽 선생은 황망히 사라졌다.

핵심+ 실학사상(實學思想)

　　임진왜란과 병자호란의 두 차례 전란이 조선을 휩쓸고 지나간 후, 일부 지식인들은 현실과 동떨어진 성리학에서 벗어나 실생활에 이익이 되는 것을 목표로 하는 새로운 학문을 일으켰다. 이것이 바로 실학(實學)이라는 개혁 사상이다. 박지원은 그중에서도 특히 이용후생(利用厚生)의 실학을 강조했다. 즉 기구를 편리하게 쓰고 먹을 것과 입을 것을 넉넉하게 하여, 백성들의 생활을 나아지게 하자는 것이다. 대표적인 실학자로는 이덕무 · 유득공 · 박제가 · 이서구 등을 들 수 있다.

好樂好樂 한자 노트

그림화 | 총 13획 | 부수 田 | 6급

붓으로 선을 긋는다는 데서 '그림 그리다'의 뜻이다.

畫家(화가) : 그림 그리는 것을 직업으로 하는 사람.

畫室(화실) : 화가나 조각가가 그림을 그리거나 조각하는 일을 하는 방.

畫風(화풍) : 그림을 그리는 경향.

文人畫(문인화) : 전문적인 직업 화가가 아닌 시인 · 학자 등의 사대부 계층 사람들이 취미로 그린 그림.

내가 찾은 사자성어

스스로자　그림화　스스로자　기릴찬

自畫自讚
　자　　화　　자　　찬

내용 》 '자기가 그린 그림을 스스로 칭찬한다'는 뜻으로, 자기가 한 일을 스스로 자랑함을 이르는 말.

〈호질(虎叱)〉의 주제

〈호질〉의 주제는 두 가지로 이야기할 수 있다. 하나는 북곽 선생으로 대표되는
유생(儒生)들의 위선을 비꼰 것이고, 다른 하나는 동리자로 대표되는 정절부인
의 가식적인 행위를 폭로한 것이다. 도덕과 인격이 높다고 소문난 북곽 선생은
결국 '여우' 같은 인간이요, 온몸에 '똥'을 칠한 더러운 인간이며, 끝까지 위선
과 허세를 부리는 이중적인 인간임을 고발하고 있다. 또한 그 정절로써 천자와
제후들까지 우러러보는 과부 동리자의 다섯 아들이 모두 성이 다르다고 비꼰
것은 겉모습, 혹은 세상의 평판만으로 사람을 평가할 수 없음을 가차없이 풍자
한 것이다.

올래 | 총 8획 | 부수 人 | 7급

보리의 모양을 본뜬 글자이다. 곡식은 하늘이 내
린 것이라고 여겼으니 '오다'의 뜻이다.

來年(내년) : 올해의 바로 다음 해.
來襲(내습) : 습격하여 옴.
來韓(내한) : 외국인이 한국에 옴.
去來(거래) : 주고받음. 또는 사고팖.
往來(왕래) : 가고 오고 함.
由來(유래) : 사물이나 일이 생겨남. 또는
  그 사물이나 일이 생겨난 바.

내가 찾은 속담

오는 말이 고와야 가는 말도 곱다

>> 상대방의 말이 공손하고 점잖은가 그렇지 아니한가에 따라 이쪽의
말씨도 바뀐다는 말.

7월 29일

날씨가 맑았다. 새벽에 옥전현을 떠나 20리를 가니 대고수점과 소고수점에 이르렀다.

산의 오목한 곳에 나무가 있는데, 몇백 년 동안 잎이 핀 적이 없다고 한다. 하지만 그 나무는 가지나 줄기가 썩지 않아 사람들이 '고수(枯樹)'라 일컫고 고장의 이름도 그렇게 붙였다는 것이다. 그곳에는 또 둘레가 2리나 되는 송가장이란 성이 있었는데, 명나라 때 송씨들이 쌓은 것이다. 송씨가 이 지방의 큰 성바지여서 그 자손이 몇백 명이요, 모두 살림이 넉넉하여 명나라가 청나라에게 망할 무렵 자기들끼리 이 성을 쌓아 지켰다고 한다. 지금도 성 가운데에 높이가 여남은 길이나 되는 대가 셋이나 있고, 성문 위에는 다락을 세우고, 집 뒤에는 4층으로 된 높은 다락이 있고, 맨 꼭대기엔 금부처를 모셔 놓았다.

청나라 군사가 처음 이곳에 쳐들어왔을 때 온 문중이 죽음으로써 성을 지켰으며, 명나라가 완전히 멸망한 뒤에도 항복을 하지 않았다고 한다. 그 일로 미움을 사서 해마다 은 천 냥씩을 바쳐야 했고, 강희 황제 말년에 이르러서는 은 천 냥 대신 말먹이 풀 천 단씩을 바쳐야 했다.

계주성의 술맛이 관동 지방에서 으뜸이라 하므로, 한 술집에 들어가 여러 사람과 함께 마음을 터놓고 취하도록 마셨다.

元
으뜸원
5급 4획

숙소로 돌아오니, 문 밖에 장사꾼들이 **구름**처럼 모여들었다. 그들은 말과 나귀에다 서책·서화·골동품 등을 실었고, 곰을 놀리는 등 여러 가지 재주를 부렸다. 뱀 놀리는 자, 범 놀리는 자도 있었던 모양이나 벌써 떠난 것 같아서 아쉬웠다. 앵무새를 파는 자가 있었지만, 날이 저물어 그 털빛을 자세히 볼 수가 없으므로 하인들에게 등불을 가져오라고 시켰다. 그런데 등불이 오기 전에 그자가 그만 떠나 버려 참으로 유감스러웠다.

7월 30일

맑은 날씨였다.

연경이 점점 가까워지자 수레 구르는 소리와 말발굽소리가 마른 하늘에 우레 소리를 연상시켰다. 길 양편에는 큰 부자들의 무덤이 있는데, 모두 담장으로 둘러쳐져 있었다. 담 밖에는 하수를 이끌어 못을 둘러 파고, 문 앞의 돌다리는 모두 무지개처럼 공중에 떠 있는 듯하고, 가끔 돌로 패루를 만들어 세웠다. 또 못가의 갈대숲 사이엔 콩깍지만한 작은 배가 매여 있었다. 그리고 다리 밑에는 여기저기 고기 그물을 쳐 놓았다. 담장 안에는 나무가 우거졌는데, 간혹 기왓골이나 처마 끝이 보이기도 하고, 혹은 지붕 위의 호리병박 꼭대기가 보이기도 했다.

한 상점에서 잠깐 쉬고 있는데, 바깥에서 예쁜 아이들 수십 명이 떼를 지어 노래를 부르며 지나갔다. 비단 저고리에 수놓은 바지를 입은 그 아이들은 살결이 눈처럼 희고 얼굴은 옥같이 맑았다. 그 아이들은 박자판을 치기도 하고, 피리를 불기도 하고, 혹은 비파를 뜯기도 했다. 모두들 아름다운 치장에 귀여운 모습이었다. 알고 보니 그들은 모두 연경의 거지들이라고 했다.

길 옆에는 삿자리를 쳐서 햇볕을 가린 곳이 몇 군데 있는데, 큰 소리로 대사를 외우는 소리, 음악 소리가 들렸다. 광대들이 〈삼국지〉나 〈수호지〉 혹은 〈서상기〉 등을 연출하여 보여주는 곳이었다. 그 앞에는 온갖 장난감들을 벌여놓고 파는데, 매우 정교하게 만든 것이었다. 아이들이 잠시 가지고 놀다가 버릴 것을 그토록 정성들여 만들다니 놀라운 일이었다. 어떤 것은 손만 닿아도 깨질 물건인데도 값은 몇 냥이나 했다. 탁자 위에는 관우가 말을 타고 칼을 뽑아 든 모양을 몇만 개나 벌여놓았다. 그 크기는 겨우 두어 치밖에 안 되었는데, 모두 종이로 만들어 교묘하기 짝이 없었다. 아이들 장난감이 그러하니 다른 것은 미루어 짐작할 수 있겠다.

배로 호타하를 건너 삼하현 성으로 들어가, 손용주라는 사람을 찾았다. 조선에서 떠나올 때 홍대용의 부탁을 받았던 것이다.

손용주의 집은 성의 동쪽에 있는 대여섯 칸의 초가집이니, 그 가난함을 짐작할 수가 있었다. 그를 찾자, 주렴 안에서 부인이

演 出
펼연 날출
4급 14획   7급 5획

아름다운 목소리로 말했다.

"저희 주인께선 어떤 글방의 훈장이 되어 지금 산서 지방에 가시고, 저 혼자 딸년 하나를 키우고 있는 형편입니다. 멀리서 누추한 곳까지 오셨는데, 맞아들이지 못하여 죄송스럽습니다."

그래서 나는 홍대용의 편지와 작은 선물을 주렴 앞에 놓고 나왔다. 허물어진 담 옆에 열대여섯 되어 보이는 계집애가 서 있었다. 흰 얼굴과 긴 목덜미에 귀티가 어린 것을 보니, 아마도 손용주의 딸인 듯싶다.

8월 1일

아침에는 맑고 찌는 듯이 덥다가 오후에는 비가 오락가락했다. 밤에는 우레와 함께 큰 비가 내렸다.

새벽에 연교보를 떠나 변, 정 등 여러 사람과 함께 먼저 갔다. 몇 리 안 가서 날이 밝아오기 시작하자, 별안간 우레 같은 소리가 우렁차게 공중을 울렸다. *노하에서 나는 대포 소리라 한다. 아침놀이 낀 운하가 멀리 바라보인다. 총총히 뜬 배들의 돛대가 마치 갈대밭을 연상시켰다. 버드나무 위에 풀뿌리 따위가 많이 걸려 있었다. 열흘 전 연경에 큰 비가 내려 노하가 넘쳐서 몇만 호의 **민가**가 휩쓸려 갔고, 물에 떠내려간 사람과 짐승의 수도 이루 헤아릴 수 없었다 한다.

民 家
백성민 집가
8급 5획 7급 10획

• 노하(潞河) : 통주(通州)에서 천진(天津)에 이르는 운하.

말 위에 앉아 담뱃대를 쥔 채 팔을 뻗어 버드나무 위의 물이
찼던 흔적을 가늠해 보니, 땅에서 두 길이 넘었다. 물가로 내려
가 보니 물이 넓고도 아주 맑았다. 배들이 빽빽이 들어찬 것이
그야말로 장관으로, 만리장성에 견줄 만했다. 큰 배 10만여 척
에 모두 용을 그렸는데, 어제 호북 지방의 *전운사가 곡식 3백
만 석을 싣고 왔다고 한다. 한 배에 올라가 구경을 했다. 배의 길
이는 여남은 발이나 되고, 쇠못을 써서 만들었다. 그 위에는 널
빤지를 깔아 층집을 세웠으며, 곡물들은 모두 선창 속에 그냥

穀　物
곡식곡 물건물
4급 15획　7급 8획

• **전운사(轉運使)** : 조세
를 거두어 운반하는 일을
맡은 관리.

쏟아 넣었다.

집은 사방이 아로새긴 난간, 채색된 기둥, 아롱진 들창, 수놓은 지게문으로 꾸며져 있어 마치 땅 위에 세운 건물과 다름이 없었다. 건물의 밑은 창고, 위는 다락이었는데, 그 벽에 붙은 글씨와 그림, 주렴 등이 모두 신선 세계의 것처럼 아름다웠다. 온 배에 납가루를 기름에 타서 두껍게 바르고 그 위에 다시 노란 칠을 입혔으므로, 물이 한 방울도 스미지 않을 뿐만 아니라 비가 내려도 아무런 걱정이 없는 것이다.

나는 정사와 한 배를 탔다. 물 가운데에서는 뱃놀이가 한창이었다. 작은 배에 양산을 펴거나 푸른 휘장을 두르고, 셋씩 혹은 다섯씩 서로 짝을 지어 각기 의자나 평상에 앉아 책을 읽기도 하고 악기를 다루기도 했으며, 혹은 그림을 그리는 이들도 있었다.

樂 器
노래악 그릇기
6급 15획 · 4급 16획

배에서 내려 언덕에 오르니, 수레와 말이 길을 막아 다닐 수가 없었다. 통주에서 연경까지 40리 사이는 돌을 깎아서 길에 깔았다. 쇠 수레바퀴가 돌에 닿는 소리가 너무 요란해서 정신이 없었다. 길 양편은 모두 무덤인데, 담을 가지런히 쌓고 나무가 울창하여 봉분은 보이지 않았다.

동악묘에 이르자, 사신들은 심양에 들어갈 때처럼 옷을 갈아입고 행렬을 정돈했다. 그때 통역관인 오림포, 서종현, 박보수

등도 청나라 관리들이 입는 예복으로 갈아입고 목에는 *조주를 걸고 말에 올라 우리 사신 일행을 조양문으로 인도했다. 우리 사신들은 곧장 예부를 찾아 표자문을 바치기로 되어 있는 것이다. 나는 그들과 헤어져 조명회와 함께 먼저 사관으로 갔다. 마침내 연경에 닿은 것이다.

8월 3일

맑게 갠 날씨였다.

우리가 묵고 있는 서관의 문은 해가 뜬 뒤에 비로소 연다.

문이 열리자, 나는 시대와 장복을 데리고 첨운패루 밑까지 걸어가 태평차 하나를 세냈다. 나귀 한 마리가 끌고 갔다. 주방에서 하루 동안 쓸 것을 주기에 시대를 시켜 돈으로 바꾸어 차에 실었다.

은으로 두 냥이며 돈으로는 2천 2백 닢이었다. 시대를 오른쪽에, 장복을 뒤에 태우고 빨리 달려 조양문 비슷한 선무문에 이르렀다. 문 왼쪽은 코끼리를 기르는 상방이고, 오른쪽은 천주당이었다. 문을 나가 오른쪽으로 가니 유리창이 나왔다. 이 거리의 이름은 원래 해왕촌이었으나, 유리를 만드는 커다란 유리 가마가 생긴 후로는 유리창이라 불렸다.

유리창에 들어가 보니, 첫 거리에 '오류거'라는 책방이 보였

* 조주(朝珠) : 청나라 때 5품 이상의 관리들이 가슴에 달던 108개의 구슬.

다. 지난해에 다녀온 사람들이 이곳에서 책을 많이 샀다며 재미 있는 이야기를 들려주어서 그런지 마치 옛 친구를 만난 듯했다.

조선을 떠나올 때 소개받은 당원항을 찾아보기 위해 그의 집을 찾았다. 집은 찾기가 아주 쉬웠다.

하인 셋이 문 앞에 나와서 말했다.

"대감께서는 아침 일찍 관청에 나가셨습니다."

"그럼 언제쯤 돌아오시겠느냐?"

"묘시에 나가셨다가 유시면 돌아오십니다. 잠시 바깥채에 올라 땀이나 식히시지요."

하인 중 하나가 말했다.

그래서 그 하인을 따라가니, 두 아이가 방에서 나와 공손히 인사를 했다. 앞서 들은 바로는, 당원항에게 두 아들이 있는데 모두 잘났다는 것이었다. 묻지 않아도 그 두 아이가 당원항의 아들들임을 알 수 있었다. 나는 그 두 아이에게 나이를 물었다. 큰아이가 열셋, 둘째 아이가 열하나라고 했다.

"형의 이름이 장우이고 아우의 이름은 장요가 아니냐?"

내가 묻자 그들은 깜짝 놀랐다.

"네, 그렇습니다. 그런데 어른께서는 그걸 어찌 아십니까?"

"너희가 글을 잘 읽는다는 소문이 우리 조선에까지 들려 알게되었느니라."

朱　錫
붉을주　주석석
4급 6획　2급 16획

그때 그 집 하인이 파초잎 모양으로 생긴 흰 주석 쟁반에 더운 차와 능금 세 개, 양매탕 한 그릇을 가지고 와서 권했다. 그러고는 그 집 늙은 마나님의 말씀을 전했다.

"지난해 조선에서 오신 두 어른이 가끔 제 집에 놀러 오셨는데, 지금도 평안하신지요? 만일 청심환 가져오신 게 있으시면 한두 개만 주십시오."

나는 마침 가지고 온 것이 없으니 뒷날 다시 올 때 갖다 드리겠다는 대답을 전하게 했다. 당원항의 늙은 마나님은 나이가 여든이 넘었어도 근력이 매우 좋다는 이야기를 들었다.

하인이 한 곳을 손가락질하며 말했다.

"노마나님이 방금 중문에 나오셔서 손님들의 옷차림을 구경하고 계십니다."

나는 바로 보기가 겸연쩍어 못 본 체하고는 붉은 종이로 만든 부채와 여러 가지 빛깔의 *시전지를 당원항의 두 아들에게 나누어 주고, 열흘 안으로 다시 들르겠다 약속하고 곧 일어나 문을 나섰다.

밖으로 나오며 돌아보니, 그 늙은 마나님이 하녀들에게 부축을 받으며 중문에 나와 있었다. 머리카락은 눈처럼 희었으나 몸은 건강해 보였고, 아직도 화장과 장신구를 잊지 않았다.

그 집을 떠나 얼마쯤 갔을 때, 시대와 장복이 말했다.

• 시전지(詩箋紙) : 시나 편지 따위를 쓰는 종이.

"아까 당씨의 하인들이 우리를 뜰 가운데 세워놓고 늙은 마나님이 우리 옷을 구경하겠다 하므로, 소인들은 어찌나 황송하고 당황했는지 감히 쳐다보지도 못하고 '날이 더워서 홑적삼만 입었습니다'라고 말했습니다. 그랬더니 마나님은 하인들을 시켜 우리를 돌려세워 보기도 하고 깃고대나 도련 따위를 들춰 보기도 하고는, 술과 먹을 것을 내다가 먹으라고 했습니다. 소인들은 옷이 이렇게 남루해서 부끄러워 죽을 뻔했습니다."

立
설 립
7급 5획

북학사상(北學思想)

북학(北學)이란 조선 영조·정조 때 실학자들이 청나라의 앞선 문물제도 및 생활양식을 받아들일 것을 주장한 학풍을 말한다. 당시 조선은 효종이 추진했던 북벌(北伐) 의지가 강하게 지배하고 있었다. 하지만 이 북벌론은, 알맹이는 사라진 채 단지 권력자들의 당리당략을 위한 껍질에 불과한 상태가 되어 버렸다. 박지원은 이 점을 개탄하며 비록 적대적인 감정이 쌓여 있지만, 우리의 현실이 개혁되고 풍요로워진다면 과감하게 그들의 문명을 받아들여야 한다고 주장했다. 그것이 바로 북학사상이다.

好樂好樂 한자 노트

나무목 | 총 4획 | 부수 木 | 8급

땅에 뿌리를 내리고 가지를 뻗으며 자라나는 '나무' 모양을 본뜬 글자이다.

木石(목석) : 나무와 돌을 아울러 이르는 말. 나무나 돌처럼 아무런 감정도 없는 사람을 비유적으로 이르는 말.

木手(목수) : 나무를 다루어 집을 짓거나 가구·기구 따위를 만드는 일을 업으로 하는 사람.

木材(목재) : 건축이나 가구 따위에 쓰이는, 나무로 된 재료.

내가 찾은 사자성어

비단금 옷의 밤야 다닐행
錦衣夜行
금 의 야 행

내용 》 비단 옷을 입고 밤길을 걷는다는 뜻으로, 성공하여 고향에 돌아옴을 이르는 말.

홍대용(洪大容)

조선 후기 문신으로 북학파(北學派)의 선구자다. 균전제·부병제를 바탕으로 하는 경제정책의 개혁, 과거제도를 폐지하고 공거제에 의한 인재 등용 등 개혁사상을 주장했다. 박지원, 박제가 등과 친교를 맺으면서 실학에 깊은 관심을 가졌다. 1765년(영조 41년)에는 숙부 억(檍)이 서장관으로 청나라에 갈 때 군관(軍官)으로서 함께 북경을 방문했다. 이때 북경에서 보고 들은 것이 모태가 되어 북학사상의 근원을 이루었다. 저서로는 《담헌서》, 《건정필담》, 《담헌연기》 등이 있다.

있을유 | 총 6획 | 부수 月 | 7급

변형된 또 우(又)자와 고기 육(肉 : 月)자를 합친 글자로 손에 고기가 있으니 '가지다'의 뜻이다.

有力(유력) : 세력이나 재산이 있음.
有數(유수) : 손꼽을 만큼 두드러지거나 훌륭함.
有人(유인) : 차나 배·비행기·우주선·인공위성 따위에 그것을 작동·운전하는 사람이 있음.
所有(소유) : 가지고 있음. 또는 그 물건.

내가 찾은 속담

있는 것은 마디고 없는 것은 헤프다

≫ 많이 있는 것은 흔하여 덜 찾게 되니 마디고, 없는 것은 부족하여 보일 때마다 계속 쓰게 되니 헤프다는 뜻으로, 무엇이나 많이 있으면 오래 견디어 나가지만 없고 보면 한없이 궁하기만 함을 이르는 말.

열하는 황제가 행차하여 머무는 행재소가 있는 곳이다. 연경에서 동북쪽으로 420리, 만리장성에서는 2백여 리 정도 떨어져 있다.

강희 황제 때부터 늘 여름이면 이곳에 행차하여 더위를 피했다. 궁전들은 채색이나 아로새김 등이 없이 그냥 '피서 산장'이라 이름붙이고, 이곳에서 책도 읽고 때로는 숲속과 계곡을 거닐며 천하의 일을 다 잊고 잠시나마 보통 사람으로 돌아가 봄직하다는 뜻이 있는 듯하다.

效 果
본받을효 실과과
5급 10획 6급 8획

사실 이곳은 매우 험한 요새로 몽고의 목구멍을 막는 효과가 있는 곳이었으므로, 말은 피서를 한다 했지만 황제 스스로 북방의 호족을 막기 위해서였다. 이는 마치 옛날 원나라 때 황제가 해마다 풀이 푸르기를 기다려 수도를 떠났다가 풀이 마르면 돌아오는 것과 같다. 황제가 국경의 요새 쪽에 가 있으면서 자주 행차를 함으로써 북방의 모든 호족들이 함부로 남쪽으로 내려와 말을 놓아 먹이지 못하게 만들기 위한 것이었다. 그래서 황제의 행차 시기를 풀이 푸르기 시작할 때부터 풀이 마를 때까지로 정하고 피서라는 이름을 붙인 것이다. 올봄에 황제가 남방을 순행했다가 북쪽 열하로 온 것도 그와 다를 바가 없는 일이다.

열하의 궁전과 그 밖의 다른 시설들은 해가 바뀔수록 그 규모가 커지고, 또 화려하고 웅장하게 바뀌어 갔다. 뿐만 아니라, 산수의 경치도 연경보다 오히려 나으므로 황제가 해마다 이곳에 와서 머무는 시간도 늘어났다. 또 애초에는 외적을 막을 목적이었던 곳이 도리어 방탕한 놀이터로 탈바꿈이 되었다.

우리나라의 사신들은 갑자기 열하로 오라는 명을 받고, 밤낮없이 달려 연경을 떠난 지 닷새 만에야 겨우 그곳에 닿았다.

目 的
눈 목   과녁 적
6급 5획 5급 8획

8월 5일

맑게 개어 무척 더운 날씨였다.

아침 10시쯤 정사를 따라 연경을 떠나 열하로 갈 때, 부사, 서장관, 역관 세 사람, 비장 네 사람, 그 밖의 하인들이 일행이 되었는데, 일행은 모두 74명이고, 말은 모두 55마리였다. 그 나머지는 그냥 서관에 머물러 있다.

애당초 중국 국경을 넘은 뒤로 자주 비를 만났고, 또 강을 건널 때마다 물이 불어 건널 수가 없었다. 통원보에서는 앉은 채로 5, 6일을 허송했으므로, 정사가 밤낮으로 근심하였다. 나는 바로 그 건너편 방에 휘장 하나를 사이에 두고 있었는데, 빗소리가 들리는 밤이면 촛불을 밝히고 뜬눈으로 밤을 새웠다. 정사는 그때 내게 말했다.

"세상일은 알 수 없는 걸세. 만일 우리가 연경에 도착했는데 황제가 열하까지 오라고 한다면 날짜가 모자라 어쩌지? 또 열하로 가는 일이 없다 하더라도 반드시 *만수절에 대어 가야만 하는데, 다시 심양이나 요양에서 비에 막혀 꼼짝도 못한다면 큰일 아닌가? 그야말로 '밤새도록 걸어도 문지방을 넘지 못했다'는 격이 아닌가?"

그러다가 날이 밝으면 백방으로 물을 건널 방법을 토의했다. 그때 여러 사람이 위험하다며 며칠 더 묵었다가 가자고 하면, 정사는 고개를 저었다.

"나는 나랏일로 왔으니 물에 빠져 죽는 한이 있더라도 그것이 내 직분이니 어쩌겠는가?"

그후로는 아무도 감히 물이 많아서 건너지 못하겠다는 말을 하지 않았다.

때마침 더위가 심하고, 또 이곳은 비가 오지 않는 날도 별안간 마른 땅이 물바다로 변하는 일이 많았다. 이는 천 리 밖에서 폭우가 쏟아져 그것이 낮은 곳으로 몰려 흘렀기 때문이다. 어떤 때는 하루에 여덟 번이나 물을 건너기도 했다. 자연히 쉬는 시간도 없이 강행군을 했으므로, 말은 더위에 지쳐 쓰러지고 사람들도 역시 더위를 먹어 토하고 설사를 하게 된다. 그러면 사람들은 사신을 원망하며 투덜거렸다.

暴 雨
사나울폭 비우
4급 15획 5급 8획

• 만수절(萬壽節) : 황제의 탄생일.

"열하까지 가게 될 리 없는데, 이렇게 더운 날 쉴 참도 주지 않으니 될 말이오? 전례에 없는 일입니다."

또 어떤 사람은 말했다.

"나랏일이 아무리 중하다 해도, 늙고 쇠약하신 분이 몸을 돌보지 않다가 병이라도 나시면 도리어 일을 그르치는 것입니다."

"지나치게 서두르면 오히려 더딘 법입니다."

이렇게 말하는 사람도 있었다.

8월 1일 연경에 도착하여 사신들이 예부에 가서 표자문을 내고 나흘 동안이나 묵었으나 별다른 지시가 없자 모두들 빈정거렸다.

"글쎄, 이렇다니까. 사신이 우리 말을 곧이듣지 않으시더니……. 틈틈이 쉬면서 왔어도 열사흗날 만수절에는 넉넉히 대어 올 것을 공연히 고생만 했지 뭐야."

모두들 열하는 생각에도 두지 않았으며, 정사 역시 차츰 열하에 갈 걱정을 풀기 시작했다.

초나흗날, 나는 거리 구경을 나갔다가 저녁때 취해서 돌아와 이내 곤한 잠에 빠졌다. 한밤중에 몹시 목이 말라서 잠이 깼다. 물을 찾고 있는데, 정사가 나를 불렀다.

"꿈에 열하를 향해 길을 떠났는데, 그 광경이 지금도 눈에 선하네그려."

"길 떠나신 후로 줄곧 열하에 대한 생각을 하고 계셨던 탓이겠지요. 어서 주무십시오."

그리고 나는 물을 마시고 돌아와 다시 잠이 들었다. 그런데 잠결에 사람들의 발자국소리가 요란해 다시 잠을 깨고 말았다. 일어나니 머리가 어지럽고 가슴이 뛰었다. 틀림없이 무슨 큰일이 벌어진 듯싶었다. 급히 옷을 주워 입는데, 시대가 달려왔다.

"이제 곧 열하로 떠나게 되었답니다."

그때 내 옆에서 자던 변 군과 내원이 눈을 뜨며 잠이 덜 깬 목소리로 물었다.

"무슨 일이오? 불이라도 났소?"

나는 짐짓 장난으로 말했다.

騎 兵
말탈기 병사병
3급 18획 5급 7획

"황제가 열하에 행차했는데, 연경이 빈 틈을 타서 몽고 기병 10만이 쳐들어왔답니다."

그러자 주위 사람들이 놀라서 소리를 질렀다.

"아이고!"

바삐 정사에게로 가 보니, 청나라 여러 역관들이 몰려와 떠들어 대고 있었다. 모두 얼굴빛이 하얗게 질려 있었다. 어떤 사람은 제 가슴을 두드려 댔고, 또 어떤 사람은 제 뺨을 치며 제 목을 베는 시늉을 하며 울먹였다.

"이제는 카이카이요!"

'카이카이'란 목이 달아난다는 말이었다.

사실 황제는 열하에서 조선 사신을 기다리고 있었다. 그런데 연경에 있는 예부에서는 조선에서 온 사신을 열하로 보낼 것인가 아니면 연경에서 그냥 기다리게 할 것인가 먼저 묻지 않고 다만 표자문만 올렸다. 이에 노한 황제는 일을 순서 없이 행한 신하들에게 감봉 처분을 내렸다. 그러자 예부의 관리들은 황송하여 어쩔 줄을 모르고, 우리에게 인원을 대폭 줄여 한시라도 빨리 짐을 꾸려 열하로 떠나라고 재촉했다. 이에 정사와 부사, 그리고 서장관이 모여 열하로 떠날 일행을 뽑았다.

나도 열하에 가고 싶은 마음이 간절했지만, 먼 여행에 지쳐 피곤한데다가 또 열하로 간 우리 사신 일행을 그곳에서 직접 본국으로 돌려보낸다면 벼르고 별렀던 연경 구경이 낭패가 되므로 꺼리지 않을 수 없었다. 전에도 황제가 우리 사신 일행을 각별히 생각하여 빨리 돌아가도록 분부한 특별 은전이 있었으니, 이번에도 그럴 염려가 있었다.

내가 주저하고 있자 정사가 말했다.

"자네가 만 리 길을 멀다 않고 여기까지 온 것은 널리 구경하고자 함이 아닌가. 열하는 앞서 온 어떤 사신들도 가 보지 못한, 우리가 처음으로 가 보는 곳일세. 우리나라로 돌아가서 사람들이 열하가 어떻다냐고 묻는 이가 있다면 뭐라고 대답할 것인가?

좋은 기회를 놓치지 말고 꼭 함께 가 보세."

그 이야기를 듣고 나는 마침내 열하에 가기로 했다.

일행이 모두 마두는 그만두고 견마잡이만 데리고 가기로 하여, 나도 장복을 남겨두고 창대만 데리고 가야 했다. 함께 **고생**하며 연경까지 왔는데, 남아 있어야 하는 사람과 떠나야 하는 사람 두 패로 갈리게 되었으니, 먼 외국 땅에서 서로 헤어지는 마음이 자못 처연했다. 역관과 마두들이 열하로 떠나는 일행의 손을 잡고 눈물을 흘렸다.

"귀하신 몸 조심하소서."

그때 문득 이런 생각이 들었다.

'사람의 일 중에서 가장 괴로운 일은 이별이요, 이별 중에서도 생이별보다 괴로운 것은 없을 것이다. 아아, 슬프다. 앞서 소현세자께서 심양에 계실 때, 신하들이 머물고 떠날 때, 또 사신들이 오갈 때 그 마음이 어떠했을까? 어떻게 머물렀다 떠나고, 또 어떻게 참고 보내며, 어떻게 그 슬픔을 참았겠는가. 아, 슬프도다. 내 비록 이나 벼룩처럼 미천한 백성이건만, 백 년이 지난 오늘에 이르러 그 일을 생각해 보아도 정신이 싸늘하고 뼈가 저리어 부러질 것 같다. 하물며 그 당시 자리에서 일어서서 절하고 하직할 때의 그 슬픔이 어떠했겠는가. 더구나 그 당시는 눈물을 참고 울음을 삼키며 얼굴엔 슬픈 표정조차 드러내지 못할 때가 아니던가! 떨어져서 머무는 여러 신하들이 아득히 떠나는 사람들의 모습을 바라볼 때, 저 요동의 넓은 들판은 끝이 없고, 심양의 우거진 나무들은 멀기만 한데, 사람은 팥알처럼 작아지고 말은 지푸라기처럼 가늘어져서 시력이 다하는 곳에 땅의 끝, 물의 마지막이 하늘에 닿도록 아련하니, 해가 저물어 관문을 닫을 때 그 심정이 어떠했으랴.'

이와 같이 이별에 대한 생각을 하는 동안 나도 모르게 20여 리를 갔다. 성문 밖은 꽤 쓸쓸한 편이어서 별로 눈에 드는 경치가 없었다.

해는 이미 저물어 어둡기 시작했는데, 길을 잘못 들어 수십 리나 돌아서 갔다.

8월 6일

아침에는 맑다가 차츰 더워지더니, 한낮이 되자 크게 비바람이 불며 천둥 번개가 쳤다. 저녁나절에는 다시 개었다.

새벽에 길을 떠났다. 백하 중류에 이르렀을 때였다. 갑자기 검은 구름 한 덩이가 생겨 세찬 바람을 품고 남으로부터 치달더니, 삽시간에 모래를 날리고 티끌을 자아올려 자욱한 연기처럼 온 하늘을 뒤덮었다. 바로 눈앞의 것도 분별할 수 없을 지경이었다. 배에서 내려 하늘을 보니, 구름이 여러 겹 주름잡히듯 했다.

독기를 품은 듯, 노여움을 떨치는 듯 번갯불이 그 사이에서 번쩍이고 있었다. 검은 용이라도 뛰어나올 것 같았다.

밀운성을 바라보니 몇 리밖에 떨어지지 않은 것 같아, 채찍을 날려 그리로 말을 몰았다. 하지만 바람과 우레가 더욱 세어지고 빗발이 비껴 쳤다. 마치 주먹으로 사납게 후려치는 듯하여, 서둘러 길가의 낡은 사당으로 뛰어들었다. 그 한쪽 구석방에 두 사람이 책상을 가운데 놓고 마주 앉아 바삐 문서를 다루고 있었다. 그들은 역의 관원으로, 오가는 역마들에 관한 것을 조사하여 적고 있었다. 슬쩍 들여다보니, '황제의 명령을 받들어 연경에 있는 병부로부터 조선 사신들에게 튼튼한 말을 주어서 어려움이 없도록 하고, 그들에게 여행에 필요한 필수품을 공급하라'는 내용이었다.

이윽고 사신이 비를 피하려고 뒤이어서 들어왔으므로, 나는 정사와 함께 온 우두머리 역관에게 그 문서를 정사에게 보이도록 했다. 우리 사신이 어찌 된 문서냐고 묻자, 그들은 고개를 저었다.

"저희는 모르는 일입니다. 저희는 다만 오가는 문서를 장부와 견주어 맞춰 볼 따름입니다."

그 문서에 적힌 튼튼한 말은 찾아볼 곳도 없거니와, 만일 그런 말을 준다 해도 모두 몹시 날쌔고 사나워서 한 시간에 70리나

比
견줄비
5급 4획

달리니, 그렇게 날뛰는 역마를 감히 누가 탈 수 있겠는가. 만일 황제의 명을 따라 억지로 탄다 해도 걱정거리일 것이다.

皇 帝
임금황 임금제
3급 9획 4급 9획

　얼마 후, 비가 뜸하기에 다시 길을 떠났다. 밀운성 밖을 돌아 7, 8리를 갔을 때, 아주 건장한 호족 몇이 나귀를 타고 오다가 손을 내저으며 말했다.

　"가지 마시오. 5리 앞에 시내가 있는데, 물이 어찌나 많이 불

었는지 우리도 되돌아오는 길이오."

또 한 사람은 채찍을 이마까지 들어 보였다.

"물높이가 이 정도는 되는데, 날개라도 돋쳤소?"

우리는 낙담하여 서로의 얼굴을 쳐다보다가 모두 길 가운데에서 말을 내렸다. 그러나 위에서는 비가 내리고 땅은 수렁처럼 질어 잠시 쉴 곳도 없었다. 홑옷을 입은 하인들은 비에 젖은 채 덜덜 떨고 있었다.

비가 잠깐 개자 길 왼쪽 버드나무 사이로 조그만 *행전이 보였다. 우리는 곧 말을 달려 그곳으로 들어가서 물이 빠지기를 기다렸다.

"물을 건너갈 수도 없고 그렇다고 온 길을 되돌아가도 밥 지을 만한 곳이 없소. 게다가 벌써 해가 저무니 과연 어찌하면 좋겠소?"

역관이 의논조로 묻자, 오림포가 말했다.

"여기는 밀운성에서 5리밖에 떨어지지 않았으니, 도로 성으로 들어가 물이 빠지기를 기다리는 수밖에 없습니다."

그래서 우리는 밀운성으로 들어갔다. 오림포가 어느 집 문을 몇십 번 두드리자, 겨우 누군가가 나왔다. 고을 아전인 소씨의 집인데, 집이 꽤 훌륭했다. 그 주인은 이미 죽고, 잠이 깨어서 나온 사람은 열여덟 살 된 아들이었다. 젊은 주인은 몹시 놀란

議論
의논할의 논할론
4급 20획 4급 15획

• 행전(行殿) : 밑에 바퀴를 달아 마음대로 움직이도록 된 건물.

얼굴이었다. 자다가 문 두드리는 소리에 깨어 보니 사람들의 지
껄이는 소리와 말 우는 소리가 요란한데, 생전 처음 듣는 소리였
다. 그런데다가 문을 열자마자 처음 본 사람들이 벌 떼처럼 뜰로
모여드니, 어찌 놀라지 않을 수 있을 것인가.

정사가 청심환 한 개를 주니, 젊은 주인은 고맙다며 여러
번 절을 했다. 그러나 놀란 기색을 떨쳐 버리지는 못하고 있
었다.

그 집에 든 지 얼마 안 되어 조달동이 말했다.

"군기 대신 복차산이라는 사람이 왔습니다."

황제가 우리 사신 일행을 맞이하라고 연경으로 파견한 것
이다. 그런데 그는 덕승문으로 *들어갔고*, 우리 일행은 동편
정문으로 나왔기 때문에 길이 어긋났던 것이다. 복차산은 곧
밤낮을 가리지 않고 *바삐* 달려와 마침내 우리를 따라잡은 것
이었다.

"황제께서 기다리고 계십니다. 그러니 초아흐렛날 아침 일찍
열하에 도착되도록 해 주시오."

복차산은 몇 번이나 부탁하고는 가 버렸다.

8월 7일

아침에 비가 약간 내렸으나 곧 개었다. 목가곡에서 아침을 먹

고 남천문을 나섰다.

그후로 높은 고개를 몇이나 넘었다. 오르막길은 많으나 내리막길이 적은 것으로 보아 지세가 점차로 높아지고 있음을 알 수 있었다. 말에게 밟힌 발의 상처가 덧난 창대가 통증을 견디지 못하여 울면서 기다시피 따라왔다. 궁리 끝에 돈 2백 닢과 청심환 다섯 알을 주고 나귀를 세내어 뒤를 따르게 했다.

마침내 냇물을 건너게 되었는데, 곧 백하의 상류였다. 물결이 거세었기 때문에 건너기를 다투는 수레와 말들이 모두 나루에 모여 배가 오기를 기다리고 있었다. 제독과 예부의 관리는 손수 채찍을 휘둘러 이미 배에 올라 있는 사람들까지도 모두 내리게 하고 우리 일행을 먼저 건너게 해 주었다.

저녁나절에 석갑성 밖에서 밥을 지었다. 이 성의 서쪽에 갑처럼 생긴 돌이 있다 하여 성의 이름이 그렇게 붙여졌다고 한다. 식사가 끝나자 바로 떠났다. 날은 이미 어두워지기 시작했다. 산길은 몹시 굴곡이 심했다.

때마침 대추가 반쯤 익었는데, 우리가 지나는 마을마다 대추나무 울타리가 있었다. 또 대추나무 밭이 따로 보이는 것이 우리나라의 청산과 보은 같았다. 대추는 한 줌이 넘을 만큼 굵었다. 밤나무도 역시 숲을 이루고 있었지만, 밤톨이 자잘한 것이 볼품이 없었다.

車
수레 거
7급 7획

한 고개에 이르자, 초승달은 이미 지고 계곡의 물소리만 드높았다. 험한 산봉우리가 그 날카로운 윤곽을 새벽하늘에 그리고 있었는데, 금방 호랑이라도 뛰어나올 듯, 구석구석 도둑이 숨어 있는 듯했다.

물가에 이르니 길은 끊어지고 물은 넓어서 어디로 어떻게 건너야 할지 알 수가 없었다. 다만 다 허물어지다시피 한 집들이 언덕에 의지하여 서 있었다. 제독이 그리로 달려가더니, 손수 문을 두드리며 주인을 불러 댔다. 수백 번은 불렀을 때 주인이 나왔다. 건너갈 길을 물으니, 주인은 자기네 집 앞에서 곧장 건너가라고 일러 주었다. 우리는 그에게 돈 5백 닢을 주고 정사의 가마 앞에 서서 인도하게 하여 마침내 물을 건넜다. 물 속의 돌에 이끼가 끼어 몹시 미끄러웠다. 물이 말의 배에 넘실거려, 다리를 움츠린 채 한 손으로는 고삐를 잡고 또 한 손으로는 안장을 꽉 잡았다.

8월 8일

맑게 개었다. 새벽에 밥을 지어 먹고 길을 떠났다.

이따금 산기슭에 세워진 사당과 절이 보이는데, 한결같이 화려했다. 어떤 곳에는 아흔아홉 층이나 되는 흰 탑이 있었다. 절이나 사당, 그리고 탑이 세워진 주위를 아무리 살펴보아도 경치가 아름답거나 지형이 묘한 것도 아니었다. 그런데 왜 그런 곳에 많은 돈을 들여 절과 탑을 세웠는지 알 수가 없었다. 사당이나 절, 그리고 탑의 웅장함, 조각의 정교함, 단청의 화려함은 다 한결같은 수법이어서 한 군데 것만 보면 다른 모든 곳의 것은 훤하게 미루어 짐작할 수가 있었다.

차츰 열하에 가까워지니, 사방에서 조공을 바치기 위해 모여드는 사람의 수가 부쩍 늘어났다. 수레·말·낙타 등이 밤낮을 가리지 않고 꼬리에 꼬리를 이어서 열하로 향했다. 수레바퀴 소리는 마치 비바람이 몰아치는 듯했다. 갑자기 창대가 말 앞에 나타나 절을 한다. 몹시 반가웠다. 그 동안 상처가 많이 나아서 말을 끌고 갈 수 있게 되어 다행이었다.

삼도량에서 잠시 쉬었다가 합라하를 건너, 해가 질 무렵 큰 고개를 넘었다. 조공 가는 수많은 수레가 길을 재촉하면서 달린다. 서장관과 고삐를 나란히 하며 가는데, 산골짜기에서 갑자기 호랑이 울부짖는 소리가 들려온다. 그 많은 수레가 일시에 멈추고 함께 고함을 지르니, 그 소리에 천지가 들썩거리는 듯싶다.

나흘 밤낮을 눈을 붙이지 못하고 보니, 가다가 발길을 멈춘 자는 모두 서서 조는 것이었다. 나 역시 못 견디게 졸려 눈꺼풀이 구름장처럼 무겁고, 하품이 계속 나온다. 눈을 뜨고 물건을 쳐다보다가도 어느새 꿈을 꾸고, 다른 사람에게 말에서 떨어질라 주의를 주면서도 내 몸은 안장에서 기울어지곤 한다.

　역참에 이르니 밤이 이미 깊었다. 밥을 들여왔으나, 몸과 마음이 피로하여 수저가 천 근이나 되는 듯 무겁고, 혀는 백 근인 듯 움직이기조차 거북하다. 청심환 한 개를 소주와 바꾸어 마시니, 술맛이 기막히게 좋았다. 곧 취하여 베개를 끌어다가 잠이 들었다.

注 意
물댈 주　뜻 의
6급 8획　6급 13획

핵심⁺ 박지원과 문체반정(文體反正)

문체반정이란 '바른 글쓰기를 회복한다'는 뜻이다. 조선 정조는 당시 유행하기 시작한 박지원의 《열하일기》에서 보는 바와 같은 참신한 문장에 대해 그것이 소품 소설이나 의고문체(擬古文體)에서 나온 잡문체라 규정하여 정통적 고문(古文)인 황경원, 이복원 등의 문장을 모범으로 삼게 했다. 이 방침을 실행하기 위해, 첫째 규장각을 설치하고, 둘째 패관소설과 잡서 등의 수입을 금하고, 셋째 주자(朱子)의 시문을 비롯하여 당송팔대가의 문(文)과 《오경발초》 및 두보(杜甫)의 《육유시》 등을 새로 간행했다.

 好樂好樂 한자 노트

스스로자 │ 총 6획 │ 부수 自 │ 7급

중국의 한족은 자신을 가리킬 때 콧등에 손을 대는데, 그 코 모양을 본뜬 글자이다.

自動(자동) : 기계나 설비 따위가 제 힘으로 움직임.
自力(자력) : 자기 혼자의 힘.
自立(자립) : 남에게 얽매이거나 의지하지 아니하고 스스로 섬.
不自由(부자유) : 무엇에 얽매여서 몸과 마음을 마음대로 움직일 수 없음.

내가 찾은 사자성어

스스로자 사나울포 스스로자 버릴기
自暴自棄
자 포 자 기

내용 » 절망에 빠져 자신을 스스로 포기하고 돌아보지 아니함.

소현세자(昭顯世子)

조선 인조 임금의 아들로, 병자호란 후 아우 봉림대군 등 수많은 포로들과 함께 청나라에 볼모로 끌려갔다. 9년 동안 심양 땅에 붙잡혀 있으면서 많은 고초를 겪었다. 그러나 조선과 청나라 사이에서 창구 역할을 맡아 조선인 포로 도망자를 돌려보내는 문제, 청나라의 조선에 대한 병력 · 군량 · 선박 요구, 각종 무역 요구 등 정치 · 경제적인 문제를 맡아 처리했다. 1645년 조선으로 돌아왔으나, 청나라에서의 행실을 문제삼아 인조의 냉대를 받았고, 결국 병을 얻어 죽었다.

들입 | 총 2획 | 부수 入 | 7급

토담집 따위에 '들어간다'는 뜻이다.

入口(입구) : 들어가는 통로.

入國(입국) : 자기 나라 또는 남의 나라 안
　　　　　 으로 들어감.

入住(입주) : 새 집에 들어가 삶.

入學(입학) : 학교에 들어감.

出入(출입) : 어느 곳을 드나듦.

놀며 배우는 파자놀이

종이나 노예의 마음을 나타낸 글자는?

》》 奴 + 心 = 怒(성낼노).

6 태학에 머물다(태학유관록)

8월 9일

아침 10시쯤 태학에 갔다.

이날은 몹시 더웠다. 말에서 내려 곧장 후당으로 들어섰다.

의자에 기대앉았던 한 노인이 나를 보더니 모자를 벗고 일어
나 인사를 하며 맞는다.

"먼 길 오시느라 고생이 많으셨습니다."

나도 답례를 한 뒤 자리를 잡고 앉았다.

"벼슬은 몇 품쯤 되시는지요?"

노인이 물었다.

"평범한 선비의 몸으로, 삼종형인 대대인을 따라 관광이나
해 볼까 하여 왔습니다."

중국 사람들은 정사를 '대대인'이라 하고, 부사를 '을대인'
이라 부르기 때문에 나는 그렇게 대답했다. '을(乙)'은 둘째라
는 뜻이었다.

노인은 계속해서 물었다.

"그분의 존함과 관직, 그리고 품계는 어떻게 되시나요?"

"이름은 박명원이요, 벼슬은 정일품에 내대신과 부마를 겸하
고 계십니다."

평 凡
평평할평 무릇범
7급 5획 3급 3획

내가 이렇게 대답하자, 노인은 붉은 명함 한 장을 꺼내어 건네 주었다.

"이 늙은이는 이런 보잘것없는 사람입니다."

거기에는 '통봉대부 대리시경 윤가전' 이라 적혀 있었다.

저녁을 먹은 후, 나는 윤공과 자리를 함께하고 이야기를 나누었다. 그는 성품이 온화하고 단정하며, 유쾌하고 편한 사람이었다.

溫 和
따뜻할 온 화할 화
6급 13획 6급 8획

얼마 후, 나는 인사를 하고 자리에서 일어섰다. 윤공은 문 밖까지 따라나와 전송했다. 달빛이 뜰에 가득하고 담장 너머에서는 넉 점을 치는 야경 소리가 들려왔다.

우리 사신들의 거처로 돌아오니, 하인들은 휘장 밖에 누워 코를 골고 정사도 이미 잠이 들었는데, 작은 병풍을 하나 쳐놓아 내 자리를 마련해 놓았다. 위아래 할 것 없이 닷새 밤을 꼬박 새우고 비로소 마음 놓고 푹 자게 된 것이다.

정사의 머리맡에 술병이 두 개 있었다. 흔들어 보니, 하나는 비었고 다른 하나는 가득 차 있었다.

'달빛이 이렇게 밝은데 어찌 한 잔 마시지 않으랴!'

한 잔 가득 부어 마시고, 불을 끈 다음 밖으로 나왔다. 홀로 뜰을 거닐며 달을 바라보고 있으려니, 담장 밖에서 '할할' 하는 이상한 소리가 들렸다. 장군부 낙타의 울음소리였다.

오른편 마루로 돌아가 보니, 역관 세 명과 비장 네 명이 한 자리에 누워 자고 있었다. 이 사람의 다리가 저 사람의 목덜미에 가 얹혀 있는가 하면 서로 포개어 있기도 했다. 게다가 한결같이 아랫도리는 가리지도 않고, 우레처럼 코를 골고 있었다. 어떤 자는 병을 거꾸로 들어 물 쏟는 소리를 내고, 어떤 자는 나무를 켤 때 들리는 톱 소리를 내고, 어떤 자는 혀를 끌끌 차며 사람을 꾸짖는 시늉을 하는가 하면, 어떤 자는 중얼중얼 남을 원망하는 시늉을 내기도 했다.

만 리 길을 떠나 함께 고생을 하며 잘 때나 먹을 때나 서로 떨어져 지내는 법이 없으니, 그 정이 친형제나 다름이 없으며 생사를 같이할 정도인 사이들이다. 그런데도 한 자리에 누워 각기 다른 꿈을 꾸니, 서로의 사이가 하늘과 땅처럼 멀게 느껴졌다.

8월 10일

날씨가 맑게 개었다.

당번 역관과 통관이 모두 문 밖에 서서 시간이 늦었다고 연방 재촉하고 있었다. 나는 가까스로 눈을 붙였다가 떠드는 소리에 잠이 깼다. 야경 소리가 아직도 들려왔다. 피곤한 몸에 졸음이 달콤하게 느껴져 꼼짝도 하기 싫은데, 아침죽이 벌써 머리맡에 놓여 있으니 억지로라도 일어날 수밖에 없었다.

일행을 따라 우뚝한 누각의 문을 지나니, 등불빛에 좌우에 늘어선 상점들이 보였다. 그러나 연경에 비하면 어림도 없고, 심양이나 요양만도 못했다.

대궐 밖에 도착했는데도 아직 날이 밝지 않았다. 통관은 일행을 인도하여 묘당에 들어가 쉬게 했다. 묘당은 지난해에 새로 지은 관제묘로, 겹겹이 늘어선 누각과 깊숙한 전당, 굽어진 마루와 겹친 곁채 등, 그 위에 새긴 것들은 신기하고 교묘했고, 단청한 벽들은 눈을 어지럽게 했다. 중들이 몰려와 다투어 구경하고 있었다. 묘당 안 곳곳에는 연경의 관리들이 와서 머무르고 있었으며, 왕자들 또한 여럿이 와 있다고 했다.

정사와 부사가 대궐 안으로 들어갈 때 나도 따라 들어갔다. 대궐 안의 전각은 단청으로 꾸미지 않았는데, 문 위에는 '피서 산장'이라고 쓴 나무판이 붙어 있었다. 오른쪽 곁채에는 예부에서 조회할 때 대기실로 쓰는 방이 있었는데, 통관이 일행을 그곳으로 안내했다.

잠시 후, 통관이 사신들을 인도하여 어전 문 밖에 나가서 세번 절하고 아홉 번 머리를 조아리는 삼배 구고의 예를 드리고 돌아왔다. 그런 다음, 사신들은 다시 예부의 대기실로 들어가고, 나는 먼저 대궐 밖으로 나왔다. 대궐 밖에는 수레와 말이 꽉 들어찼으며, 말들은 모두 담장을 향해 나란히 늘어서 있었다.

三 拜
석삼 절배
8급 3획   4급 9획

그런데 말들이 굴레도 없고 고삐도 없어 마치 나무로 깎아 만든 것 같았다.

갑자기 사람들이 좌우로 갈라서는데, 떠드는 소리가 하나도 들리지 않았다. 황제의 아들이 온다고 했다. 바라보고 있으려니, 한 사람이 말을 탄 채 대궐 안으로 들어가고 다른 사람들은 모두 말에서 내려 걸어 들어갔다. 그 사람이 바로 황제의 여섯 번째 아들인 영용이었다. 얼굴은 흰 편이지만 몹시 얽었고, 콧마루는 낮고 작은데다가 볼은 넓적하고, 흰자위가 많은 눈은 눈꺼풀이 세 겹이나 되었다. 비록 어깨가 넓고 가슴은 떡 벌어져서 체격이 건장해 보였지만, 귀티라곤 전혀 없었다. 그러나 그는 글과 그림에 뛰어나고, 백성들의 신망을 한몸에 받고 있다고 한다.

평안도 가산 사람인 득룡은 마두로 연경에 드나든 지 40여 년이나 되었으므로, 중국말을 아주 잘했다. 그가 사람들 속에 있다가 나를 불렀다. 사람들을 헤치고 가까이 가 보니, 그는 마침 한 늙은 몽고의 왕과 손을 맞잡고 이야기를 하고 있었다.

그 몽고의 왕은 모자에 붉은 보석과 공작의 깃털을 꽂고 있었는데, 나이는 여든하나라고 했다. 거의 한 길이나 되는 큰 키에 허리가 굽었고, 얼굴은 한 자는 될 정도로 길쭉했다. 검은 피부에 머리는 하얗게 세었고, 팔다리를 부들부들 떨며 머리를 이리

信 望
믿을신 바랄망
6급 9획 5급 11획

저리 흔들어 댔다. 마치 곧 부러질 썩은 나무 같아 도무지 볼품이 없어 보였다. 온몸의 원기를 모두 입으로 내보내는 듯했다. 그 늙은 모양이 그와 같으니 누가 그를 두려워하겠는가. 뒤를 따르는 자가 수십 명인데 아무도 그를 부축하려 하지 않았다.

또 한 명의 몽고 왕이 있는데, 그는 건장하고 기운차 보였다. 득룡과 함께 가서 말을 붙여 보았다. 그는 내 갓을 가리키며 무엇인가 알아듣지 못할 말을 몇 마디 묻더니, 그대로 수레를 타고 가 버렸다.

관제묘로 들어가니, 사신들은 벌써 물러나와 옷을 갈아입고 있었다. 그들과 함께 관사로 돌아왔다.

健 壯
굳셀건 장할장
5급 11획 4급 7획

8월 11일

맑게 개었다.

새벽에 사신들은 대궐로 들어갔다.

"내일은 분명히 황제께서 만나보시겠다는 분부를 내릴 것이
지만, 혹시 오늘 그런 분부가 내릴지도 모르니 조금만 더 기다리
십시오."

대궐의 관리가 말했다.

그래서 사신들은 모두 대기실로 갔다. 그러나 나는 대궐 밖으
로 나가 한가로이 거닐며 구경을 했다. 거리는 어제 아침보다 훨
씬 더 번잡스러웠다. 길가의 찻집과 술집 앞에는 수레와 말이
북적거리고, 공중에는 검은 먼지가 가득했다.

한 과일가게에 들렀더니, 마침 새로 난 과일이 산더미처럼 쌓
여 있었다. 중국 엽전 백으로 배 두 개를 사 가지고 가게를 나왔
다. 맞은편 술집에 세운 깃발이 바람에 펄럭이며 난간 앞에 걸려
있었다. 다락 아래에는 수레 몇 대와 말 몇 마리가 매어 있었는
데, 다락 위에 있는 술손님들이 웅얼거리는 소리가 마치 벌이나
모기들의 소리 같았다.

발길 가는 대로 다락 위로 올라가니, 층계가 모두 열둘이었
다. 서넛 혹은 대여섯씩, 끼리끼리 탁자를 사이에 두고 의자에
앉아 술을 마시는 사람들은 모두 몽고 사람들이었다. 그런 사람

煩 雜
번거로울번 섞일잡
3급 13획 4급 18획

들이 무려 수십 패였다.

몽고 사람들이 머리에 쓴 것은 마치 우리나라의 쟁반 모양으로, 따로 차양이 없이 그 위를 양털로 꾸며서 누렇게 물들였다. 그중에는 갓을 쓴 사람도 있었으나, 그 모양이 마치 우리나라의 벙거지 같았다. 어떤 것은 등덩굴로 만들고 어떤 것은 가죽으로 만들었는데, 안팎에다 금칠을 하거나 오색 빛깔로 구름무늬를 그려 넣기도 했다. 모두 누런 옷에 붉은 바지를 입었으나, 붉은 옷이나 검은 옷을 입은 사람도 적지 않았다. 또 붉은 모직물로 고깔을 만들어 썼는데, 테두리가 너무 넓어서 앞뒤로만 차양을 만들어 달았다. 그것이 도르르 말려 마치 물 속에서 갓 나온 연잎 같았고, 또 약을 갈 때 쓰는 쇠절구처럼 양쪽 끝이 뾰족해서 우스꽝스러워 보였다.

내가 쓴 갓은 벙거지같이 생긴 것이었다. 은으로 꾸미고 꼭대기에 공작의 깃을 꽂았으며, 턱 밑으로 수정끈을 늘여 묶었으니, 오랑캐의 눈에 그것이 어떻게 보일 것인지 궁금했다. 만주족이건 한족이건 중국 사람이라고는 다락 위에 한 사람도 없었다.

오랑캐의 생김새가 사납고도 지저분해서 올라온 것이 후회스러웠으나, 벌써 술을 주문했으므로 어쩔 수 없이 빈자리를 찾아서 앉았다.

심부름꾼이 와서 물었다.

頭
머리 두
6급 16획

"몇 냥어치 술을 마시겠습니까?"

술을 무게로 달아서 파는 것이다.

"넉 냥어치만 가져오너라."

심부름꾼은 가서 술을 따라 저울에 달더니 그것을 데우려 했다.

"데우지 말고 찬 것 그대로 가져오너라!"

내가 큰 소리로 말하자, 심부름꾼은 웃으며 술을 가져와서는 작은 잔 둘을 탁자 위에 내려놓았다.

나는 담뱃대로 그 잔을 한쪽으로 쓸어 버리고 소리쳤다.

"커다란 술잔을 가져오너라!"

큰 술잔이 오자, 나는 병의 술을 거기에 부어 단숨에 다 마셔 버렸다. 뭇 오랑캐들은 서로 마주 보며 깜짝 놀란 시늉을 했다.

중국에서는 술 마시는 법이 매우 얌전했다. 그들은 한여름이라도 반드시 술을 데워 먹었는데, 비록 소주라 할지라도 데워 먹는다. 술잔의 크기는 마치 은행 열매만한데, 그것을 조금씩 몇 차례에 걸쳐 나누어 마시는 것이었다.

한꺼번에 다 마셔 버리는 일은 좀처럼 없다. 내가 찬 술을 달라고 소리친 것과 넉 냥어치를 단숨에 마셔 버린 것은 그들에게 겁을 주기 위해 일부러 한 짓이었다. 그러나 그것은 겁쟁이의 짓일 뿐 용기가 아니었다.

내가 찬 술을 달라고 했을 때 여러 오랑캐들이 이미 적잖이 놀

勇 氣
날랠용 기운기
6급 9획   7급 10획

랐는데, 뒤이어 그 술을 단숨에 마셔 버리는 것을 보고는 모두들 깜짝 놀라며 두려워하는 기색을 감추지 못했다. 주머니에서 중국 엽전 여덟 푼을 꺼내어 술값을 치른 후 나오려고 하는데, 여러 오랑캐들이 의자에서 일어나 머리를 조아리며 자기네 자리에 와 앉아 달라고 청했다. 그들은 호의로 그러는 것이지만, 나는 등에서 진땀이 배어나왔다.

好 意
좋을호 뜻의
4급 6획 6급 13획

오랑캐 하나가 술 석 잔을 따르더니, 탁자를 치며 내게 마시기를 권했다. 나는 일어나서 그릇에 담긴 차를 난간 밖에다 휙 뿌린 다음, 그 그릇에 석 잔의 술을 부어 단숨에 쭉 들이켰다. 그러고는 빈 그릇을 내려놓고 한 번 읍한 뒤 큰 걸음으로 층계를 내려왔다. 머리끝이 오싹하여 누군가가 내 뒤를 따르는 듯한 기분이 들었다. 층계를 다 내려와 다락 위를 올려다보니, 와자지껄 웃고 지껄이는 소리가 났다. 아마 내 말을 하는 모양이었다.

다음은 정사로부터 나중에 들은 이야기다.

아침나절에 황제로부터 사신들을 만나보겠다는 명이 떨어졌다.
통관의 안내를 받아 정문 앞에 이르니, 동쪽으로 난 좁은 문에 황제를 지키는 여러 신하들이 여기저기 서 있기도 하고 앉아 있기도 했다. 이윽고 군기 대신이 황제의 뜻을 받들어 물었다.

"너희 나라에도 절이나 관제묘가 있는가?"

잠시 후, 황제가 친히 정문을 나와 문 안의 벽돌을 깔아 놓은 곳에 앉았다. 따로 의자나 탁자를 가져오지 않고, 단지 평상 위에 누런 보료를 깔았을 뿐이었다. 황제의 양편에 있는 신하들도 모두 누런 옷을 입고 있었다. 그 가운데 칼을 지닌 사람은 서너 쌍뿐이고, 양산을 받치고 있는 사람들 또한 두 쌍뿐이었다. 그들은 모두 숙연한 표정으로 침묵을 지키고 있었다.

먼저 *회자의 태자가 앞으로 나와서 몇 마디 하고 물러났다. 그 다음으로 사신과 세 *통사에게 나오라는 명이 내리자, 모두들 나가서 장궤했다. 장궤는 무릎을 꿇는 것으로, 무릎이 땅에 닿기만 할 뿐 엉덩이를 발바닥에 붙이고 앉는 것은 아니다.

"국왕께서는 안녕하신가?"

황제가 물었다.

"평안하십니다."

사신이 공손하게 대답했다.

황제가 다시 물었다.

"만주말을 잘 하는 사람이 있는가?"

통사 중 우두머리인 윤갑종이 만주말로 대답했다.

"제가 조금 할 줄 압니다."

황제는 기쁜 듯 좌우를 돌아보며 웃었다.

沈 默
잠길침 잠잠할묵
3급 7획 3급 16획

• 회자(回子) : 몽고 및 감숙성 등지에서 모여 살던 터키 계통의 부족인 위구르족.

• 통사(通事) : 조선 시대의 통역관.

황제의 네모난 얼굴에는 약간의 누런 빛과 함께 밝은 기운이 감돌았다. 수염은 절반쯤 세고 나이는 60쯤 되어 보였는데, 봄날의 따사로움이 담긴 온화한 기색이었다.

사신이 물러서자, 무사 예닐곱 명이 차례로 들어와 활을 쏘기 시작했다. 화살 한 발을 쏠 때마다 반드시 꿇어앉아 소리를 질렀는데, 그들 중 두 명이 과녁을 맞혔다. 과녁은 우리나라의 풀로 엮은 것과 비슷한데, 그 한가운데 짐승 한 마리가 그려져 있었다.

射
쏠 사
4급 10획

활쏘기가 끝나자 황제는 바로 안으로 들어갔고, 양옆의 신하들도 함께 물러갔다. 사신들 역시 물러나왔다.

8월 13일

새벽녘에 잠시 비가 내리다가 맑아졌다.

사신은 만수절의 축하 반열에 참석하기 위해 새벽에 대궐 안으로 들어갔다. 나는 푹 자고 아침나절에 깨어, 천천히 대궐 아래로 가 보았다. 사람들이 누런 보자기로 덮인 짐 일곱 개를 대궐문 앞에 늘어놓은 채 쉬고 있었다. 짐 속에는 옥으로 만든 그릇이나 노리개가 들어 있었고, 보통 사람만큼 키가 큰 금부처도 하나 있었다. 모두 호부 상서인 화신이 황제에게 바치는 것이라고 한다.

茶
차다
3급 10획

이날 사신에게는 자기로 만든 **차** 항아리 한 개, 받침을 갖춘 찻종 한 벌, 실로 뜬 빈랑 주머니 하나, 칼 한 자루, 자양차를 담은 주석 항아리 하나씩을 내려 주었다. 또한 저녁에는 어린 환관이 와서 황제가 내린 주석으로 만든 모난 항아리 하나를 전해 주었다. 통관은 그것이 차라고 했다. 누런 비단으로 항아리 마개를 봉해 놓았는데, 마개를 떼어내고 보니 누르스름하면서도 붉은 기운이 약간 감도는 것이 술처럼 보였다.

"이건 틀림없이 황봉주야."

서장관이 말했다.

맛이 달고도 향내가 풍겨 전혀 술 같지가 않았다. 모두 따르고 보니, *여지 열매 여남은 개가 떠올랐다.

"여지로 빚은 술이로군."

각자 한 잔씩 마시고 감탄했다.

"정말 좋은 술이로다!"

비장이나 역관에 이르기까지 잔이 돌아갔으나, 마시지 못하는 사람도 있으려니와, 누구도 감히 단번에 들이키려 하지 않았다. 독한 술에 크게 취할까 염려해서인 것 같았다.

통관들이 목을 길게 빼고 침을 삼켰다. 우두머리 역관이 남은 것을 모아 맛을 보게 했다.

"참으로 훌륭한 궁중 술이로군!"

• **여지(荔支)** : 중국 남부 원산의 과일. 시고 달며 독특한 향기가 있다.

모두들 칭찬했다.

이날 밤 기공을 만났을 때, 한 잔 따라서 보여주었다. 기공이 크게 웃으며 말했다.

"이건 술이 아니라 여지즙입니다."

그리고 곧 거기에다 소주 대여섯 잔을 섞으니, 점차 빛깔이 맑아지며 매운 맛과 묘한 향기가 몇 배로 풍겨 나왔다. 이는 아마도 여지의 향기가 술기운에 실려 더욱 그 은은함을 발산하기 때문일 것이다. 여지즙을 맛보고 취한다고 했던 것은, 종소리만 듣고 해가 떴다고 짐작하거나 매실을 생각함으로써 갈증을 잊는 것과 무엇이 다르겠는가.

辛
매울 신
3급 7획

^{핵심}⁺ 《열하일기》의 시대적 배경

박지원이 《열하일기》를 쓸 당시의 조선은 안팎으로 엄청난 격동기였다. 안으로는 삼정(三政), 곧 토지·병역·세금제도의 문란으로 백성들의 삶이 피폐해졌으며, 벼슬아치들은 당파싸움으로 세월 가는 줄 몰랐다. 밖으로는 일본, 청나라 등이 서양 문물을 받아들여 나날이 발전해 가고 있는데, 조선은 임진왜란 이후 일본에 대해 문을 닫아걸었고, 병자호란을 일으킨 청나라에 대해서도 우리 민족에게 치욕을 안겨주었다고 배척했다. 그런 가운데 중국 여행을 다녀온 박지원은 발전하는 청나라를 있는 그대로 인정하고, 앞선 문물을 적극적으로 받아들이고자 하는 태도로 《열하일기》를 썼다.

好樂好樂 **한자 노트**

빌공 | 총 8획 | 부수 穴 | 7급

땅을 파낸(工) 굴(穴)처럼 속이 '비다'라는 뜻이다.

空間(공간) : 아무것도 없는 빈 곳.
空白(공백) : 종이나 책 따위에서 글씨나
  그림이 없는 빈 곳. 아무것도 없이 비어
  있음.
空中(공중) : 하늘과 땅 사이의 빈 곳.
蒼空(창공) : 맑고 푸른 하늘.

내가 찾은 사자성어

빌공 메산 밝을명 달월
空山明月
공 산 명 월

내용》 '사람 없는 빈 산에 외로이 비치는 밝은 달'이라는 뜻으로, 대머리를 놀림조로 이르는 말.

오늘날의 대학(大學)이라는 말은 본래 한(漢)나라의 태학(太學)에서 유래되었다. 전한(前漢)의 무제(武帝)가 오경박사의 관직을 설치하고, 그 제자 수십 명을 두어 유학을 연구하게 한 것이 태학의 시작이다. 박사(博士)라는 말의 유래도 오경박사에서 비롯되었다. 물론 옛날 중국의 태학과 오늘날의 대학은 그 기능이 크게 다르다. 중국의 태학은 기본적으로는 예비 관료를 양성하는 곳이었다. 지방관의 추천으로 선발된 학생들이 수도의 태학에 입학하여 해마다 실시되는 자격시험에 합격하면 관리가 되었던 것이다.

눈목 | 총 5획 | 부수 目 | 6급

눈 모양을 본뜬 글자이다.

目禮(목례) : 눈짓으로 가볍게 하는 인사.
目的(목적) : 실현하려고 하는 일이나 나아
　　가는 방향.
目前(목전) : 눈앞.
面目(면목) : 얼굴의 생김새. 체면.

내가 찾은 속담

눈 가리고 아웅

》 얕은수로 남을 속이려 한다는 말.

연경으로 돌아오는 길 (환연도중록)

8월 15일

예부에서 사람을 보내어 서둘러 떠날 것을 재촉하며, 사신이 출발하는 시각을 황제께 즉시 보고해야 한다고 했다.

아침 식사를 한 후 곧바로 길을 떠났으나, 이미 한낮이 지날 무렵이었다. '뽕나무 아래서 사흘 밤을 자고 간 것도 추억에 남 았다'고 하는데, 공자님을 모시고 엿새 밤이나 묵은 것이야 말 해 무엇하겠는가! 게다가 묵었던 전당이 깨끗하고도 아름다워, 떠나고 싶지 않은 마음이 더욱 컸다.

내 일찍이 과거 공부를 그만두어 하찮은 진사도 되지 못했으 니, 국학에 들어가 학문을 하고 싶어도 불가능한 일이다. 그런 데 이제 갑자기 나라를 떠나 수만 리 떨어진 곳의 태학에 들어 즐거운 엿새를 보내었지만, 조금도 어색하게 느껴지지 않았다. 이 어찌 우연한 일이라 하겠는가.

또한 우리나라 선비로서 능히 멀리 중국에 와서 노닐었던 이 들 중 신라의 최치원, 고려의 이제현 같은 이들도, 비록 서촉과 강남 땅은 밟아 볼 수 있었지만 *새북과는 인연이 닿지 못했다. 그후 오랜 세월 동안 얼마나 많은 사람이 이 길을 지나갔는지는 알 수 없지만, 지금에 이르러 드디어 내가 이 길을 지나가는 것

追憶
쫓을추 생각할억
3급 10획 3급 16획

• 새북(塞北) : 북쪽의 변 방.

이다. 아, 사람이 이 세상에 태어나서 정해 놓은 기약 없음이 이와 같구나!

광인점, 삼분구를 거쳐 쌍탑산에 이르렀다. 말을 멈추고 바라보니, 실로 경치가 기이하도록 빼어났다. 탑이 솟은 모양은 금강산에 있는 증명탑처럼 뾰족하게 마주섰는데, 아래위의 둘레가 똑같아서 서로 기대거나 받쳐 주지도 않으며, 치우치거나 기울지도 않았다. 바르고 곧으며, 단정하고 엄숙하며, 교묘하고 화려하며, 웅장하고 뛰어난데, 탑 위에 어려 있는 햇빛과 구름의 기운이 마치 수놓은 비단과 같이 찬란하다.

8월 16일

날씨가 맑게 개었다.

아침 일찍 길을 떠나 왕가영에 이르러 점심을 먹었다. 황포령을 지날 무렵, 한 소년 귀인을 보았다. 스무 살 정도 되어 보이는데, 붉은 보석과 푸른 깃털로 장식한 모자를 쓴 채 검은 말을 타고 달려갔다.

그의 뒤를 30여 명의 말탄 사람들이 따르고 있었는데, 모두 금빛 안장과 준마에 깔끔하면서도 화려한 차림새였다. 활과 화살, 조총을 멘 자도 있고, 혹은 차그릇이나 화로를 들고 번개처럼 달려가는데, '물렀거라!' 하는 벽제 소리도 없이 오직 말발

鳥　銃
새조　총총
4급 11획　4급 14획

굽소리만 요란할 뿐이었다. 뒤따르는 사람에게 물어 보니, 황제의 친조카가 되는 예왕이라고 말했다. 그 뒤를 이어 태평차가 따르는데, 힘센 나귀 세 마리가 끌고 있었다.

수레는 초록빛 천으로 둘러쳐져 있었는데, 사면에는 유리를 붙이고 지붕은 푸른 실로 만든 그물을 덮었으며, 네 모서리에는 술을 달았다. 대개 귀족들이 타는 가마나 수레는 이런 식으로 꾸며 신분에 따른 위엄을 보이는 것이다.

수레 안은 휘장에 가려져 보일 듯 말 듯했는데, 갑자기 여인의 목소리가 흘러나왔다. 잠시 후 수레를 끄는 노새가 멈추어 서서 오줌을 누자, 수레 안에 있던 여인들이 북쪽 창을 열고 서로 얼굴을 내밀었다. 틀어올린 머리는 마치 구름이 어린 듯하고, 반짝이는 귀고리는 별이 흔들리는 것 같은데, 화려하고도 아름다운 자태는 낙수에 놀란 기러기와도 같았다.

이윽고 그들은 창을 닫고 홀연히 떠나갔다. 여인은 모두 셋인데, 예왕을 모시는 궁녀들이라고 했다.

宮 女
집궁 계집녀
4급 10획 8급 3획

8월 17일

맑고 따뜻한 날씨였다.

아침 일찍 길을 떠나 청석령을 지났다. 장차 황제가 계주에 있는 동릉에 행차하게 되어, 길과 다리가 이미 잘 닦여 있었다. 길

한복판에는 황제의 수레가 달릴 수 있도록 *치도가 매끈하게 다듬어져 있었다. 각 고을에서 징발된 장정들은 계속하여 높은 데는 깎고 깊은 곳은 메운 후, 다시 맷돌로 다져서 마치 옷감을 펼친 것처럼 만들어 놓았다.

줄지어 표목을 세웠는데, 조금도 굽거나 기운 곳이 없었다. 치도의 폭은 두 길, 그 좌우의 길은 한 길 정도였다. 《시경》에 이르기를 '숫돌처럼 평평한 큰길'이라고 하더니, 치도가 바로 숫돌 같았다. 여기에 들어간 돈도 엄청날 것이다.

흙을 메고 물을 짊어진 사람들이 무리를 지어 허물어진 길을 보수하는데, 말발굽이 한 번만 지나가도 곧 달려왔다. 그리고 나무를 새끼로 묶어 어긋나게 하여 사람들이 치도 위로 다니는 것을 금지했다.

하지만 우리나라 사람들은 꼭 그 나무를 넘어뜨리고 새끼줄을 끊어 버리며 지나갔다. 나는 즉시 마부에게 명하여 치도 밑으로 가게 했다. 많은 이들이 공들인 길을 차마 함부로 훼손할 수 없었기 때문이다.

길 한편에는 서너 발자국마다 돌담을 쌓아 놓았다. 높이가 어깨에 닿을 만하고, 넓이는 여섯 자나 되는데, 마치 성의 *치첩같이 보였다. 모든 다리에는 난간이 있었다. 돌난간에는 *천록이나 사자 같은 것을 새겨 놓았는데, 입을 딱 벌리고 있는 것이 마

壮 丁
장할장 고무래정
4급 7획 4급 2획

• 치도(馳道) : 황제가 거둥하는 길.

• 치첩(雉堞) : 성 위에 낮게 쌓은 담.

• 천록(天祿) : 상상 속의 짐승.

치 살아 있는 듯했고, 나무 난간에는 단청이 그려져 한층 더 눈부셨다.

삼간방에서 아침을 짓고 있을 때, 나는 상점에 들렀다. 나중에 안 일이지만, 어제 길 위에서 스치듯 만난 예왕은 그 상점 가까이에 있는 관묘에서 묵고 있었다. 예왕을 따르던 말 탄 사내들은 다른 상점으로 흩어져 떡·고기·술·차 등을 사먹고 있었다.

8월 18일

아침에는 개었으나, 오후에는 바람과 우레가 크게 일고 소나기가 쏟아졌다. 아침 일찍 길을 떠났다.

백하에 이르니, 나루터에 모여든 사람들이 서로 먼저 건너려고 소리를 질렀다. 백하의 배는 우리나라의 나룻배와 거의 비슷하다. 어떤 것은 톱으로 배 한쪽을 벤 다음, 몇 척을 끈으로 묶어 하나로 만들었다. 하나만 있어도 그 모양이 우스울 텐데, 셋을 한데 묶어 놓으니 참으로 가관이었다.

갑자기 수십 필의 기병이 바람처럼 달려왔다. 그 기세가 몹시 사나웠다. 그들은 차례고 뭐고 없이 한꺼번에 배에 올랐다. 그런데 맨 뒤에 따르던 기병이 파란 매를 안고 채찍을 휘두르며 급히 배에 오르려다가, 말 뒷굽이 미끄러져 그만 안장째 물 속에

可 觀
옳을가 볼관
5급 5획 5급 25획

빠져 버렸다.

첨벙거리며 일어서려 했으나 쉽지 않았다. 그는 다시 물에 잠겼다가 겨우 지친 몸으로 뱃전에 기어올랐다. 그가 안고 있던 매는 마치 기름 항아리에 빠진 나방 같았고, 말은 오줌통에 빠진 쥐 같았다. 그 자신도 잘 차려입은 옷과 멋진 채찍이 물에 젖어 꼴이 말이 아니었다. 그런 중에도 그는 말의 잘못을 꾸짖으며 채찍질을 해 댔다.

강을 건너고 나서, 뒤따르는 한 기병에게 넌지시 그가 누군가를 물었다. 그러자 그 기병은 말등에 앉은 채로 몸을 한쪽으로 구부려 들고 있던 채찍으로 진흙 위에다 이렇게 썼다.

'그분은 사천장군입니다. 이제는 나이가 많이 들어 용맹이 줄었지요.'

이날은 65리 길을 지나왔다.

油
기름 유
6급 8획

8월 20일

날씨가 맑게 개었다.

새벽에 잠시 비가 내렸지만, 금방 그치고 약간 쌀쌀해졌다. 아침 일찍 길을 떠나 20여 리를 가서 덕승문에 이르렀다. 수천 마리의 양이 길을 가득 메웠는데, 단지 몇 명의 목동이 그 양 떼를 이끌고 있었다.

역관과 비장과 일행 중의 하인들이 모두 길 왼쪽에서 기다리고 있다가, 말에서 내리자마자 다투어 손을 잡으며 그 동안의 노고를 위로했다. 그 동안 서로 헤어져 있던 아쉬움을 말하기에 앞서 장복이 창대에게 물었다.

"그래, 황제를 만나보았느냐?"

"물론이지. 황제는 호랑이 같은 눈에 옷도 입지 않은 채 벌거숭이로 앉아 있더군."

창대가 대답했다.

"머리에는 뭘 쓰고 있었지?"

장복이 다시 물었다.

"황금으로 된 투구를 쓰고 계시더군. 그런데 황제께서는 나를 불러 '네가 네 주인을 잘 모시고 험한 길을 왔으니 장하구나' 하시면서 큰 잔에 술을 가득 부어 주셨어."

물론 거짓말이었으나, 장복은 그 말을 믿는 눈치였다. 제법 사리를 아는 다른 하인들 중에도 그 말을 곧이듣고 여러 차례 되물어 오는 자들이 있었다.

나는 변 군과 조 판사를 이끌고 길가에 있는 술을 파는 누각에 올랐다. 그 술집의 푸른 깃발에 옛 시 한 수가 적혀 있었다.

酒
술 주
4급 10획

서로 만나 뜻이 맞아

임과 함께 마시려고

높은 다락 밑 수양버들에

말을 매고 오르네.

우리도 그 시구처럼 수양버들에 말을 매어 놓고 다락에 올라
가 술을 마시니, 홍취가 한결 더했다.

박지원 사상의 후계자

박지원이 세상을 떠난 해는 순조 6년(1805년), 이때 그의 나이는 69세였다. 하지만 육신은 죽었어도 그 사상은 그대로 묻히지 않고 박제가, 이덕무, 유득공, 이서구 등에게 계승되었다. 이서구를 제외한 세 사람은 정실이 아닌 첩의 몸에서 난 서얼(庶孽) 출신으로, 양반도 평민도 아닌 신분에 과거마저 볼 수 없었다. 박지원은 뛰어난 재능을 가졌으면서도 사회적으로 대접을 못 받는 그들을 학문적으로 이끌고 뜻을 같이했다. 그리하여 북학을 국가적 차원으로 확산시키는 데 큰 역할을 했다.

好樂好樂 **한자 노트**

검을흑 | 총 12획 | 부수 黑 | 5급

불(火)을 땔 때 굴뚝이 그을러 '검다' 는 뜻이다.

黑白(흑백) : 검은색과 흰색을 아울러 이르는 말. 옳고 그름.
黑心(흑심) : 음흉하고 부정한 욕심이 많은 마음.
黑字(흑자) : 수입이 지출보다 많아 잉여 이익이 생기는 일.
暗黑(암흑) : 어둡고 캄캄함.

내가 찾은 사자성어

가까울근 먹묵 놈자 검을흑
近墨者黑
근 묵 자 흑

내용 » '먹을 가까이하는 사람은 검어진다' 는 뜻으로, 나쁜 사람과 가까이 지내면 나쁜 버릇에 물들기 쉬움을 비유적으로 이르는 말.

최치원(崔致遠)과 이제현(李齊賢)

최치원은 신라 말기의 학자로서, 자는 고운(孤雲) 또는 해운(海雲)이다. 열두 살에 당(唐)나라로 유학하여 공부했고, '황소(黃巢)의 난'이 일어나자 격문을 지어 이름을 높였다. 저서로 《계원필경》이 전한다. 이제현은 고려 말기의 명신이며 학자로, 호는 익재(益齋)다. 충숙왕 때 북경에 건너가 만권당에서 조맹부 등과 사귀었으며, 귀국 후에는 당대의 문장가로 이름을 떨쳤다. 저서로는 《역옹패설》이 있다.

많을다 | 총 6획 | 부수 夕 | 6급

어제 밤(夕)과 오늘, 내일 밤(夕)이 거듭되어 날짜가 '많아진다'의 뜻이 된다.

多角(다각) : 여러 방면이나 부문.
多發(다발) : 많이 발생함.
多福(다복) : 복이 많음.
多少(다소) : 분량이나 정도의 많음과 적음.
多幸(다행) : 뜻밖에 일이 잘되어 운이 좋음.
大多數(대다수) : 거의 모두 다.

내가 찾은 속담

많은 밥에 침 뱉기

>> 매우 심술 사나운 짓을 이르는 말.

등용문 첫번째 관문

내용 되짚어 보기

《열하일기》는 1789년(정조 4) 박지원이 팔촌 형 박명원을 따라 청나라 고종의 칠순연에 가는 도중 열하의 문인들과 사귀고, 연경(북경)의 명사들과 교유하며 그곳 문물제도를 목격하고 견문한 바를 각 분야로 나누어 기록한 것이다. 모두 26권 10책으로 되어 있다.

그해 6월 24일 압록강 국경을 건너는 데서부터 시작하여 요동, 성경, 산해관을 거쳐 북경에 도착하고, 열하로 가서, 8월 20일 다시 연경으로 돌아오기까지 약 2개월 동안 겪은 일을 날짜 순서에 따라 항목별로 적었다.

중국의 새로운 문물, 실학사상의 소개로 수많은 조선시대 연경 기행문학 중 으뜸으로 꼽는다. 중국의 역사·지리·풍속·토

목·건축·인물·정치·경제·사회·문화·종교·문학·예술·
지리·천문 등 다루지 않은 분야가 없을 만큼 광범위하고 상세
하게 기술되었는데, 경치나 풍물 등을 단순히 묘사하는 데 그치
지 않고 이용후생에 중점을 두었다.

이 책에는 분량상 작품 전체를 싣지 못했는데, 아쉬운 대로 수
록한 내용을 대강 살펴보도록 한다.

제1권 도강록(압록강을 건너며)

압록강에서 요양까지 15일간의 기록이다. 맨 처음 중국 땅에
들어가서 그들이 벽돌 사용 등 이용후생적인 건설에 심취하고
있음을 서술했다.

제2권 성경잡지(십리하에서 소흑산까지)

십리하에서 소흑산까지 5일간의 기록이다.

제3권 일신수필(신광녕에서 산해관까지)

신광녕에서 산해관까지 9일간의 기록이다. 수레의 제도를
비롯한 중국의 여러 제도에 대해 기록했다.

제4권 관내정사(산해관에서 연경까지)

산해관에서 연경까지 11일간의 기록이다. 여기엔 당시 조선의 부패한 사회상을 풍자한 소설 〈호질〉이 실려 있다.

제5권 막북행정록(열하로 가는 길)

연경에서 열하까지 5일간의 기록이다. 열하에 대해 상세하게 기록했고, 그곳으로 떠날 때의 아쉬운 심경을 그렸다.

제6권 태학유관록(태학에 머물다)

열하에 있는 태학에서 6일간 지낸 기록이다. 당시 중국의 명망 있는 학자들과 더불어 조선과 중국 두 나라 문물제도에 관해 논했고, 홍대용의 지전설 등을 중국인들에게 소개했다.

제7권 환연도중록(연경으로 돌아오는 길)

열하에서 다시 연경으로 돌아오는 6일간의 기록이다. 특히 고서를 근거로 삼은 중국 지형에 대한 이야기가 흥미롭다.

논술로 생각 키우기

1. 박지원이 《열하일기》를 통해 주장한 사상은 무엇인가?

2. 《열하일기》를 쓸 당시의 시대적 배경에 대해 써 보자.

3. 박지원이 비판하는 성리학자들과 지배 권력자들의 특징에
   대해 말해 보자.

4. 당시의 권력자들이 《열하일기》에 대해 부정적으로 평가한 이
   유에 대해 말해 보자.

5. 《열하일기》가 조선 사회에 끼친 영향에 대해 말해 보자.

6. 《열하일기》에 수록된 단편소설 〈호질〉에서 박지원이 풍자
   하고 비판한 대상은 누구인가?

7. 〈호질〉, 〈허생전〉, 〈양반전〉 등 박지원이 쓴 소설의 공통
   적 특징에 대해 말해 보자.

8. 박지원 등의 개혁파가 추구한 실학의 주요 관심사에 대해 말
   해 보자.

9. 박지원의 핵심 사상에 대해 생각해 보자.

한자능력 검정시험 예상문제

다음 한자의 총획수를 써라.

1. 首

2. 風

3. 爭

4. 事

5. 目

보기에서 골라 다음 사자성어를 완성하라.

보기	黑 畫 晝 問 門 風 得

6. 一擧兩(　　)

7. 不(　　)可知

8. 近墨者(　　)

9. 自(　　)自讚

10. 秋(　　)落葉

다음 한자의 상대 또는 반대되는 한자를 보기에서 골라 써라.

보기	去　少　小　遠　天　千　無

11. 有 - (　　)

12. 近 - (　　)

13. 來 - (　　)

14. 多 - (　　)

15. 地 - (　　)

다음 훈과 음에 맞는 한자를 보기에서 찾아 써라.

보기	自　木　入　人　空　洞　同

16. 들 입

17. 빌 공

18. 나무 목

19. 스스로 자

20. 한가지 동

다음 낱말에 맞는 한자를 보기에서 골라 써라.

보기	答 約 望 忘 用 容 見

21. 견문 – (　　)聞　　　　22. 희망 – 希(　　)

23. 대답 – 對(　　)　　　　24. 약속 – (　　)束

25. 내용 – 內(　　)

다음 한자의 훈과 음을 써라.

26. 溫　　　　　　　　27. 得

28. 問　　　　　　　　29. 近

30. 有

다음 한자의 독음을 써라.

31. 本性　　　　　　　32. 慰勞

33. 景致　　　　　　　34. 皇帝

35. 國境

다 풀었나요?

이제 여러분은 마지막 관문을 통과했습니다.

축하합니다.

1. 북학사상이다. 박지원은 청나라와 비록 적대적인 감정이 쌓여 있는 처지지만 그들의 앞선 문명을 받아들임으로써 백성들의 삶이 개혁되고 풍요로워진다면 과감하게 받아들여야 한다고 주장했다. 그것이 바로《열하일기》를 통해 박지원이 하고 싶었던 말이다.

2. 당시의 조선은 안팎으로 엄청난 격동기였다. 안으로는 삼정 (三政), 곧 토지・병역・세금제도의 문란으로 백성들의 삶이 말할 수 없이 피폐해졌으며, 벼슬아치들은 당파싸움으로 세월 가는 줄 몰랐다. 또한 밖으로는 임진왜란 이후 일본에 대해 문을 닫아걸었고, 청나라에 대해서도 병자호란을 일으켜 우리 민족에게 치욕을 안겨주었다고 배척했다.

3. 겉으로는 더할 수 없이 점잖은 체하면서도 사실은 위선적이고 부도덕한 사람들이 많았다. 또한 국제정세에 대한 판단이 잘못되어 청나라를 배척하고 멸망한 명나라를 숭상했다.

4.《열하일기》를 통해 박지원이 국제정세에 어둡고 잘못된 명분만을 추구하는 지배계층을 강하게 비판했기 때문이다.

5. 이후로 전통적 조선 사회의 가치체계가 실학(實學), 즉 이용후생(利用厚生)의 물질적인 면으로 변화하게 되었다.

6. 첫번째 대상은 북곽 선생으로 대표되는 유생(儒生)들의 위선이고, 두 번째 대상은 동리자로 대표되는 정절부인의 가식적 행위이다. 즉 박지원은 이 작품에서, 겉모습, 혹은 세상의 평판만으로 사

람을 평가할 수 없음을 통렬히 풍자한 것이다.

7. 첫째 위선적이며 무능한 양반 계급과 부패한 벼슬아치들을 통렬하게 풍자하고 있다. 둘째 유교적 가치관에서 벗어난 인간 평등사상을 주장하고 있다.

8. 박지원을 비롯한 실학자들은 현실과 동떨어진 명분과 도덕보다는 백성들의 삶을 개선하는 데 관심을 기울였다. 또한 청나라의 앞선 문물을 열린 자세로 받아들이고자 한 것이 특징이다.

9. 현실적 실용주의가 바로 박지원의 핵심 사상이다. 즉 백성들의 실제적인 삶과 동떨어진 공리공론을 거부하고, 철저하게 나라를 부강하게 만들고 백성들의 삶을 편리하게 개선하고자 애썼다.

〈세 번째 관문〉 한자능력 검정시험 예상문제 해답			
1. 9획	10. 風	19. 自	28. 물을 문
2. 9획	11. 無	20. 同	29. 가까울 근
3. 8획	12. 遠	21. 見	30. 있을 유
4. 8획	13. 去	22. 望	31. 본성
5. 5획	14. 少	23. 答	32. 위로
6. 得	15. 天	24. 約	33. 경치
7. 問	16. 入	25. 容	34. 황제
8. 黑	17. 空	26. 따뜻할 온	35. 국경
9. 畵	18. 木	27. 얻을 득	

일석이조, 우리 고전읽기 007

열하일기

초판 1쇄 인쇄　2008년 10월 25일
초판 1쇄 발행　2008년 10월 30일

지은이_　박지원
글쓴이_　이경애
펴낸이_　지윤환
펴낸곳_　홍신문화사
출판 등록_　1972년 12월 5일(제6-0620호)
주소_　서울시 동대문구 용두 2동 730-4(4층)
대표 전화_　(02) 953-0476
팩스_　(02) 953-0605

ISBN　978-89-7055-166-1　03810